あやかし狐の身代わり花嫁2

シアノ Shiano

アルファポリス文庫

https://www.alphapolis.co.jp/

一章

鬱蒼《うっそう》とした黒松の林の奥に、不釣り合いなほど立派な屋敷がある。

ぐるりと土塀に囲まれた屋敷の前には小川が流れ、橋がかけられている。その橋を挟むように門が二つ。

そんな少し不思議な屋敷の主人《あるじ》は人ではない。五本の尻尾《しっぽ》を持つ狐の妖《あやかし》なのだ。

名前を尾崎玄湖《おざきくろこ》という。

――そして私は、玄湖に嫁いだ人間の花嫁なのである。


すっかり慣れた尾崎家で、私は今日も掃除に精を出していた。

シャッ、シャッ、シャッと畳《たたみ》の目に沿って、箒《ほうき》が軽やかな音を奏《かな》でる。私は掃除をする音が昔から好きだった。

「ふう、綺麗になったわ」

塵《ちり》一つない畳《たたみ》を見て満足する。さて、畳《たたみ》の掃き掃除が終わったら次は乾拭《からぶ》きだ。

「綺麗になってくれてありがとう。これからもよろしくね」

いつも通り、そう言いながら拭き清めて終了だ。

掃除はいい。屋敷は綺麗になるし、気分もスッキリする。新しい畳《たたみ》特有の、藺草《いぐさ》の匂いが心地よかった。

私が来た頃は、見る影もないほどボロボロの屋敷だった。襖《ふすま》や障子《しょうじ》には穴が開き、畳《たたみ》は色褪《あ》せ毛羽立っていた。それが今、こんなにも綺麗になったのは、修繕をしたからではない。この屋敷自体が妖《あやかし》だからだ。屋敷神《やしきがみ》といって、付喪神《つくもがみ》の一種らしい。

そのため、この屋敷の主人《あるじ》である玄湖が特別に力を注《そそ》ぐか、私が丁寧に掃除をすると、不思議なことに屋敷神《やしきがみ》が元気になり、屋敷はもちろん、畳《たたみ》や襖《ふすま》まで新品同様に変わるのだ。

それどころか、勝手に増築して部屋が増えることも珍しくない。どんな理屈で部屋が増えるのか、私にはさっぱり分からない。朝起きると、知らない部屋が出来ていたりするのだ。本当に妖《あやかし》屋敷は不思議なことだらけだ。

今掃除しているこの部屋も、最近出来たばかりの部屋だった。

「おーい、小春《こはる》さん、ここにいたんだね。また掃除をしていたのかい」

襖《ふすま》がスッと開き、ひょっこり顔を出したのは愛しい旦那様である玄湖だ。

玄湖は赤茶色の髪と、同じ色の五本の尻尾《しっぽ》を持つ強い狐の妖《あやかし》である。しかし一見そうは見えない。優しげに垂れた目と上品な顔立ちに、玄湖の柔和な性格が表れているからだろう。

「そろそろ切り上げるところですよ」

「しまった、出遅れたな。もう私が手伝うことはないようだね」

玄湖は首を傾けて、綺麗になった室内を見渡した。

「さすが小春さん。どこもかしこもピッカピカだ。でも小春さんには、もっと私を頼ってもらいたいんだけどなぁ」

「お掃除は私がしたくてしてるんですから。それに、今日は力仕事がなかったけれど、必要な時は玄湖さんにお願いしますから」

「ああ、その時は任せておくれ！」

玄湖は腕を曲げて、力こぶを作る仕草をしてみせた。

散らかすのが大の得意で掃除は苦手な玄湖だったが、今は私が頼めば手伝ってくれるようになった。妖《あやかし》だからうんと力持ちで、重いものを動かす時にはありがたい。

「小春さん、掃除が終わったのなら、一緒にお茶にしよう」

「ええ。じゃあ掃除用具を片付けてきちゃいますね」

「それは私が片付けておくよ。手を洗って先に居間に行っていておくれ」

「え、でも、これくらい自分でします」

そう言ったが、玄湖は笑みを深めて私の手から掃除用具を取り上げた。

「いいんだよ。私の可愛い花嫁さんに少しくらい何かしてあげたいのさ」

玄湖は垂れた片目をパチリと瞑《つぶ》ってみせた。

可愛い花嫁さんと言われ、じわじわと頬が熱くなってしまう。

「小春さん、ほっぺが桜色になっているよ。ああ、可愛いなあ……うーん、桜より薄《うす》紅色《べにいろ》の牡丹《ぼたん》かな？」

「も、もう、玄湖さんてば……」

私はほんのり熱くなった頬を押さえた。

玄湖の本当の花嫁になってから、玄湖は私を大切にしてくれる。可愛い花嫁さんと呼んで隙あらば甘やかそうとしてくるのだ。嬉しいが少しだけ気恥ずかしい。そう思ってしまうのは、私が人に頼ることにあまり慣れていないせいかもしれない。玄湖もそれを分かっているようで、少しずつ慣れさせてくれている。そういう気遣いを感じるたびに、胸がほかほかするのだった。

「今日のおやつはお重《しげ》特製の草団子だよ。私もこれを片付けたらすぐに行くから、先に食べていておくれ」

「はい。じゃあ、お先にいただいていますね」

手を洗い、外に面した回り廊下を歩いていると、向こうからパタパタと軽い足音が聞こえた。双子の人形の付喪神《つくもがみ》である南天《なんてん》と檜扇《ひおうぎ》、それから犬神の一種、スイカツラの麦《むぎ》だ。彼らは走ってやって来て、私の前で足を止めた。

「あっ、小春だ！」

「ねえ小春、おやつ食べた？」

「きゅうー！」

「緑色でね、甘いのがあるよ！」

「草団子って言うんだって！」

「きゅんっ！」

彼らは一気に捲《まく》し立てた。あまりの騒々しさに私は笑ってしまう。子供らしく元気いっぱいだ。

私は屈《かが》んで南天たちに視線を合わせた。

「今から食べるわ。みんなはもう食べたの？」

「うん！　きな粉いっぱいでね」

「うん！　餡子《あんこ》もあるんだよ」

「んきゅー」

麦に至っては、思い出したのか口からポタポタ涎《よだれ》が垂れている。それだけ美味《おい》しかったらしい。

「ふふ、よかったわね」

私は手拭いを取り出して麦の口を拭き、それから南天と檜扇の頭を撫でた。二人はえへへ、と恥ずかしそうにはにかんだ。

そっくりな顔だが、赤い髪が南天、黒い髪が檜扇である。かつてどうもとこうもと名乗っていた彼らは、玄湖の作った双子人形が付喪神《つくもがみ》になった妖《あやかし》だ。付喪神《つくもがみ》になりかけていた時、彼らは一度、創造主である玄湖に壊されている。それもあって、一時は玄湖のことを恨んでいたが、今は屈託なく笑う可愛い子供たちだ。

南天たちと別れ、私は居間に入る。

お重とお楽《らく》が南天たちの食べ終えた皿を片付けているところだった。

「おや小春奥様、いいところに。この草団子、出来立てですから美味《おい》しいですよ」

重箱婆《じゅうばこばば》という狸《たぬき》の妖《あやかし》であるお重が食卓を指し示した。

食卓の大皿の上には一口サイズの草団子が山のように積み上がっている。その数に私は目を丸くした。

「まあ、たくさん作ったのね」

「草団子はたくさんあるに越したことはないんです。旦那様がうんと召し上がりますから。さあさ、小春奥様もお好きなだけ召し上がれ！」

お重はニコニコしながら小皿に草団子をポンポンと山盛りにして、私の前に置いた。十個以上ありそうだ。お重の作るものはなんでも美味《おい》しいが、さすがにおやつにしては多過ぎる量に私は苦笑する。

「とっても美味《おい》しそう。でも……ちょっと多いかしら」

「あら、そうですか？」

お重はキョトンと目を丸くする。人間の私に比べて妖《あやかし》は食べる量が多いのだ。普段の食事は私が食べきれる量にしてもらっているが、それでもお重はたまに盛り過ぎてしまう。それが好意からなのは分かっているのだが。

「この半分くらいの量で十分だわ」

私は小皿の草団子を、半分ほど大皿に戻した。

お楽が私の前にお茶を置く。緑が鮮やかな草団子に合わせて、お茶も香り高い緑茶である。

「まったく、お重は加減を知らないのですから……」

お楽は袖《そで》で口元を押さえ、お重を当て擦った。貉《むじな》であるお楽は狸《たぬき》のお重と喧嘩ばかりしている。

「どれだけ多くたっていいんです。余ったって旦那様がペロッと食べちまいますからね。まったく、お楽こそ、さっきは草団子をバクバク食べていたくせにさ！」

お重は唇を尖らせる。

「バ……バクバクなんて食べていませんっ……！」

「いーや、食べてたね！　ふんだ、上品ぶっちゃってさ！」

お重とお楽は火花を散らして睨《にら》み合う。しかし、これで案外仲が良く、言い合っているのも二人の日常だった。喧嘩するほど仲がいいという言葉がピッタリの二人なのである。

「まあまあ、二人ともそれくらいで。そうだ、南天たち、草団子が美味《おい》しかったって喜んでいたわよ」

私がそう言うと、二人は喧嘩をやめてニッコリ笑う。

「あの子たち、たくさん食べていましたからね。こっちも作り甲斐があるってもんです。さっきも南天はきな粉、檜扇は餡子《あんこ》をたっぷりつけて。美味《おい》しい美味《おい》しいってニコニコしてね。可愛い子たちですよ」

お楽もコクンと頷き、優しく目を細めた。

「麦もお腹がまん丸になるまで食べていました。あの子たちは本当に仲が良くて。いるだけで屋敷が明るく感じます……」

「あたしもそう思いますよ。あたしらと旦那様しかいない時は、この屋敷も薄暗くてねえ。ほら、お楽が薄暗ーい性格なもんだからさ！」

「な、なんですって……！」

「ああもう、二人とも喧嘩しないの」

私は苦笑して二人を止める。

とはいえ、古参の使用人である二人が、新参者の南天や檜扇を気に入ってくれている様子に安心した。

「でも、確かに私がこの屋敷に来た時とは大違いだわ。こうしてみんなと一緒にいられて、美味《おい》しいものを食べて……幸せだなって思うの」

「小春奥様……」

お重とお楽は嬉しそうに微笑んだ。

「——る……い……」

ふと、襖《ふすま》の方から何か聞こえた気がして振り返った。しかし襖《ふすま》は閉まったままだ。

気のせいだったのだろうか、と私は首を傾げる。

「あら……旦那様が来たようですね」

お楽の言葉に耳を澄ませると、玄湖の足音が近付いてくるのが聞こえた。さっきの物音はきっと玄湖の足音だったのだろう。

「さあ小春奥様、どんどん草団子を召し上がってくださいよ。遠慮していたら旦那様にぜーんぶ食べられちまいますからね！」

お重に促《うなが》され、私はクスクス笑って頷いた。

「ええ、そうするわ」

ちょうど襖《ふすま》が開き、玄湖が部屋に入ってきた。

「——おや、私の噂話をしていなかったかい？」

「いえ、なんでも。玄湖さん、掃除用具を片付けてくださってありがとうございます」

「いやいや。大したことじゃないさ」

玄湖は私に微笑んでから、食卓の草団子に視線を向ける。

「美味《おい》しそうな草団子だねぇ。餡子《あんこ》ときな粉、どちらをつけようか……いや、両方でもいいか」

玄湖は草団子に目を輝かせて私の隣に座った。

私は一足先に艶々《つやつや》と美味《おい》しそうな草団子を口に運んだ。

蓬《よもぎ》の爽《さわ》やかな香りと、もっちりとした食感にうっとりする。ほのかな甘みがあるので何もつけなくても美味《おい》しい。玄湖のようにきな粉や餡子《あんこ》をつけて食べるのも良さそうだ。

玄湖は餡子《あんこ》をたっぷり載せた草団子を頬張り、幸せそうに目を細めた。

「美味《おい》しいねぇ。小春さん、こっちの餡子《あんこ》つきのも食べてごらんよ。ほら、あーんして」

玄湖は蕩《とろ》けるような笑みを浮かべ、私の口元に餡子《あんこ》をつけた草団子を持ってくる。

「ほらほら、落ちちゃうから早く」

そう急《せ》かされて、私は差し出された草団子をパクッと口にした。丁寧にこしてある餡子《あんこ》の甘さが口いっぱいに広がる。そのまま食べるのもいいが、餡子《あんこ》と一緒に食べるのも美味《おい》しい。しかしそれ以上に恥ずかしくなってしまった。

「も、もう玄湖さんってば、自分で食べるのに……」

「ふふ、照れる小春さんが可愛いものだからさ」

「もうっ！」

私は照れ隠しに頬を膨らませて玄湖の腿《もも》をペチリと叩く。それから私はクスクスと笑った。玄湖も優しい顔で笑っている。

──玄湖に嫁いで、私は幸せだ。

玄湖はだらしないし、ぐうたらなところもある。しかし、その分おおらかで優しい。五本の尻尾《しっぽ》を持った強い狐の妖《あやかし》で──そして私の大切な旦那様なのだ。

次の日の朝、私は困り果てて息を吐いた。

朝起きて、身繕《みづくろ》いを済ませて廊下を歩いていたら、また見覚えのない襖《ふすま》を見つけてしまったのである。最近、屋敷神《やしきがみ》が妙に活動的で、部屋が増えることが多い。

ちょうどそこに、寝起きの玄湖がのそのそ歩いて来た。

「おはようさん……どうかしたかい？」

「あ、玄湖さん、おはようございます。見てください。また部屋が増えているんです」

「おやおや、ここのところ毎日だねえ」

玄湖は寝起きのボサボサ頭を傾けてそう言った。

「ええ、後で掃除しなきゃ」

「小春さん、無理して掃除しなくていいんだからね」

「でも、出来たばかりの部屋ってちょっと埃《ほこり》っぽいんです。それに掃除ついでに間取りを調べておきたいから。私、屋敷の中で迷わないように紙に書き付けているんですよ」

屋敷はとても広いのだ。続き部屋になっていて他の部屋に繋がっていることもあるので、逐一《ちくいち》確認しておかなければならない。

しかしそれも毎日になると修正が大変だ。気が付けば白い紙に書き込みがみっちり増えていた。そろそろ大きい紙に書き写した方がいいかもしれない。

玄湖は私の書き付けを覗き込んだ。

「うわぁ、記録するのも楽じゃないね。それにしても、なんでこうも部屋が増えるんだろう。部屋が増えるのは前からだけれど、ここまで頻繁《ひんぱん》じゃなかったよ」

「そうなんですか？　玄湖さんが五尾に戻って、屋敷に力をいっぱい注《そそ》ぎ込んでいるからだと思っていました」

屋敷神《やしきがみ》は玄湖が妖力を注《そそ》ぎ込んで管理していると聞いていた。

しかし玄湖は首を横に振る。

「それが、ここ一週間くらい屋敷に力を注《そそ》いでいないんだよ。なのに、やけに屋敷神《やしきがみ》の力が増しているんだよねえ。なんていうか、力を持て余しているみたいでさ」

「どうかしたのかしら……」

私は立派な木目の柱に手を当てる。ツルッとした感触の柱をゆっくり撫でた。

「ねえ、屋敷神《やしきがみ》さん。もう部屋を増やさなくていいのよ。これ以上はお掃除も大変だし、私、屋敷で迷子になっちゃったら困るわ」

「はは、小春さんの言葉なら通じるかもしれないねえ。さ、朝餉《あさげ》を食べに行こうじゃないか」

「その前に髪の毛を整えなきゃ。玄湖さんったら、寝癖でボサボサですよ！」

私は柱から手を離して玄湖の袖《そで》を掴んだ。

「――て、……そ……の」

その時、不意に声のようなものが聞こえて、私は玄湖の袖《そで》からパッと手を離した。

「どうしたんだい？」

「何か、声みたいなのが聞こえたんですが……」

子供のような甲高い声。だが、この場には私と玄湖しかいない。

玄湖も首を傾げている。

「玄湖さんには聞こえませんでしたか」

「聞こえなかったよ。庭で遊んでいる南天や檜扇の声じゃないかな」

「あ、きっとそうですね」

子供の声は遠くてもよく響くものだ。

「さ、小春さん、私の髪の毛を梳《と》かしておくれ。このままじゃお重に怒鳴られてしまうよ。今日あたり、お重特製の葱《ねぎ》入り卵焼きが出ると思うのさ。私はあれが好きでねえ。こんなボサボサ頭のままじゃ、怒ったお重に卵焼きの数を減らされるかもしれない！」

戯《おど》けた玄湖の言葉に、私はクスッと笑う。

「ええ、玄湖さんの寝癖は私に任せてください。尻尾《しっぽ》も艶々《つやつや》にしますからね」

「うん。それで、朝餉《あさげ》の後は一緒に掃除しようか。まあ私はあまり掃除の役には立たないけどさ、応援なら任せておくれ」

「玄湖さんの応援なら心強いです」

玄湖は嬉しそうに垂れた目をますます下げたのだった。

「お葱《ねぎ》が入った卵焼き、美味《おい》しかったですね。しっとりして、ほんのり甘くて……」

朝食後、回り廊下を歩きながら、私は食べたばかりの味を思い出していた。ついつい緩んでしまう頬を押さえる。お重特製の葱《ねぎ》がたっぷり入った卵焼きは、出汁《だし》と葱《ねぎ》の風味が合わさってとても美味《おい》しかった。

「そうだろう。お重の料理はなんでも美味《おい》しいけどね。私は卵焼きならうんと甘いやつより、今朝くらいのほのかな甘さのものが好きだねえ」

「私は甘いのも好きです。実家にいた頃は、甘いお菓子はたまにしか食べられなかったので、甘い卵焼きがご馳走だったんですよ」

「そうなのか。だからかなぁ。小春さんって、甘いもの食べると幸せそうに微笑むもんねえ」

「もう――」

軽口を叩く玄湖をペチリとやろうとして手を振り上げたその時、ズンッと下から突き上げる激しい揺れに襲われた。

「きゃっ！」

「小春さん！」

よろめいた私を、玄湖が庇《かば》うように抱きしめた。

「い、今の……地震ですか？」

「……いや、違うな。庭の木の方を見てごらん。枝が揺れていない。この屋敷だけが揺れたんだ」

「そんな、どうして……」

「屋敷神《やしきがみ》だ。今、力の流れが少し見えた。しかしなんでこんな真っ昼間に……」

玄湖は私を抱きしめたまま、天井《てんじょう》の方を向いてキョロキョロしている。

「あ、あの……もう大丈夫だから離してくださいな」

「ああ、ごめんごめん」

私は玄湖の腕の中から逃れ、ドキドキしていた胸を押さえる。

「たぶん、また屋敷神《やしきがみ》が部屋を増やしたんだろうけど、随分乱暴だったねぇ」

「わ、私がもう増やさなくていいなんて言ったから、怒ってしまったんでしょうか」

私はおそるおそる尋ねたが、玄湖は首を傾げた。

「さあねえ。人の形を持たない付喪神《つくもがみ》との意思疎通は難しい。私でも何を考えているかまでは、さすがに分からないよ」

「あの、新しい部屋を探してきてもいいですか？」

「私も行くよ」

私は玄湖にくっついて屋敷内をうろうろと歩いた。

この屋敷はざっくりと、玄関から向かって右側が台所や洗い場、使用人用の部屋となっていて、左側には居間や玄湖と私の部屋、客間などがある。

部屋が増えるのは左側の奥のことが多い。不思議なことに、部屋が増え、屋敷内がどれだけ広くなっても、庭が狭くなることはない。つまり、外から見える屋敷と屋敷内では広さに差があるようなのだ。そんなことあり得るのかと最初のうちは混乱したが、妖《あやかし》の屋敷はそういうものだからと玄湖に言われてしまってはどうしようもない。人間の私は、妖《あやかし》の関わることで悩むだけ無駄なのかもしれない。

しかし、屋敷の内部が広くなればなるほど、玄湖の目の届かない場所が増えてくる。たまに、空《あ》き部屋にどこからともなく野良の妖《あやかし》が入り込むことがあるのはそのせいだろう。

なんの害もない妖《あやかし》ならまだいいが、稀《まれ》に人を食う妖《あやかし》が交じっていることがあり、ただの人間である私には危険なのだ。もちろん玄湖を筆頭に、家族はみんな私を助けてくれるけれど、人を食う妖《あやかし》とは遭遇自体したくない。

しばらくすると、屋敷の奥に、見覚えのない部屋を見つけた。

「玄湖さん、この部屋！」

部屋の襖《ふすま》には、薄紅色《うすべにいろ》の牡丹の花が描かれていた。これまでの部屋とはその点で異なっている。

「他の部屋と襖絵《ふすまえ》が違いますね。元々あった部屋はそれぞれ襖絵《ふすまえ》が違いますけど、最近増えた部屋はどれも同じだったでしょう」

「そうだねえ。この部屋は特別なのかもしれないな」

「欄間《らんま》の彫刻も牡丹の透かし彫りですね」

緻密《ちみつ》で立体的な牡丹の彫刻が見事だった。襖絵《ふすまえ》も、牡丹の花に落ちた露《つゆ》が光って見えるほど色鮮やかだ。絵から瑞々《みずみず》しさが伝わってくる。今にも花の香りがしそうだった。

　きっと玄湖の言う通り、特別な部屋なのだろう。

「この部屋が、さっきの一瞬の揺れで出来上がったのかしら。すごいわね。中はどうなって――」

襖《ふすま》の引き手に手をかけるが開かない。

「開かない……」

玄湖は私の肩をポンと叩いた。

「……ひとまず、そっとしておいてやろうよ。屋敷神《やしきがみ》が望んだからこの部屋は出来たんじゃないかな」

「分かりました。でも、これじゃ部屋の中のお掃除が出来ませんね……」

私がそう言うと、玄湖は呆れたように腕を組んだ。

「もう、小春さんってば掃除のことばっかり！　たまには掃除をしなくてもいいって。決めた、今日の掃除はお休みにしよう！」

「え、でも、それじゃお部屋が汚くなってしまうじゃないですか！」

「一日くらい大したことないさ。気になる場所があったら南天と檜扇に頼めばいいよ。最近あのちびすけどもったら、遊んでばかりなんだから、少しくらい仕事をさせなきゃ」

「でも……」

「はいはーい、強制終了だよ！」

玄湖はひょいっと私を抱き上げた。

「きゃっ！　玄湖さんっ」

「ほらほら、庭で麦と遊ぼうじゃないか。鞠《まり》を投げてやったら喜ぶよ。麦は投げた鞠《まり》を取るのが上手になってきたんだ。それから、お楽と新しい着物を選んで、お重と一緒にコロッケを作るのはどうだい？　あ、明日は街に出かけるのもいいね」

玄湖は私を抱っこしたまま歩き出す。恥ずかしさに、私がペチペチ叩いても笑っている。

「あはは、小春さん軽いなあ！」

そう言いながら玄湖はダッと走り出した。驚いて玄湖に強くしがみつく。

「く、玄湖さん、下ろしてってば！」

「やーだよ！」

子供のように笑う玄湖に私は苦笑した、その時。

「た――そ……」

また、声が聞こえたような気がした。

しかし私を抱っこする玄湖にはなんの変化もない。

「ん、どうかしたかい？」

「い、いえ。なんでもないです」

気のせいだ。きっと空耳だったのだろう。

「ねえ、玄湖さんってば。そろそろ下ろしてくださいな」

「えー、小春さん軽いし、どうせならずっと抱っこしていたいなあ」

「もうっ！」

私は玄湖の耳を引っ張る。

「あいたーっ！」

大して痛くないはずなのに大袈裟《おおげさ》に痛がって、その場で私を抱えたままクルクル回る。私は玄湖の首にしがみついてクスクス笑ったのだった。

私は、牡丹の襖絵《ふすまえ》がある不思議な部屋を「牡丹の間」と名付けた。不思議なことに、誰が開けようとしても、襖《ふすま》は固く閉じられたまま開くことはなかった。

二章

「今日はカフェーに行こうじゃないか！」

次の日、玄湖は朝一番にそう宣言した。

「あらま、外出ですか。それなら旦那様と小春奥様の昼餉《ひるげ》は用意しなくてよろしいですかね」

朝食の配膳をしていたお重が玄湖に尋ねる。

「いいや、みんなで行こう。お重、お楽、それから南天と檜扇もだ。麦……はまあ、連れて行ってもカフェーじゃ懐《ふところ》に隠すしかないけど、仲間外れは可哀想だからね」

「えっ！　あたしらもですか⁉」

「まあ……よろしいのですか」

お重とお楽は配膳の手を止めてきょとんとしている。南天や檜扇も目をまん丸に見開き、透き通った瞳が今にも零れ落ちそうだ。

「僕たちも⁉」

「本当に⁉」

「きゅー！」

麦だけは素直に喜んでいる。

「ね、たまにはいいでしょう、小春さん」

玄湖にそう言われ、私は大きく頷いた。

「ええ、もちろん！　みんな家族だもの。一緒に行けるなら、とっても嬉しいわ」

南天と檜扇はもじもじと手を動かし、照れたような仕草をしている。

「えへへ、家族だって！」

「家族！　嬉しいな！」

南天と檜扇が私に抱きついてきた。彼らは人形の付喪神《つくもがみ》だけれど、こういうところは本物の人間の子供と変わらず、素直で愛らしい。

「……それで、お重とお楽はどうしてつねり合っているの?」

私の目の前で、何故かお重とお楽が互いの頬をつねり合っていたのだ。

私が尋ねると、二人はつねっていた手を離し、今度はお互いを叩き合い始めた。ペチペチという音からして痛くはなさそうだけれど、二人のおかしな行動に、南天と檜扇もきょとんとしている。

「いや、そのねえ……」

「ええ……まあその……」

返事も煮え切らない。私は首を傾げた。

そのやり取りを見て、声を上げて笑ったのは玄湖だ。

「ああ、お重とお楽は照れ隠しをしているのさ。まーったく、私がお重とお楽は家族だって言っても笑うだけなのにさ、小春さんにそう言ってもらえて嬉しくてたまらないんだろう」

それを聞いて、私もフフッと笑ってしまった。南天と檜扇もケラケラとお腹を抱えて笑った。

「んもう、旦那様ってば！」

「旦那様……ひどいです……」

お重とお楽は顔を赤くして玄湖に怒っている。

照れ隠しでお互いをつねったり叩いたりする二人は、まさに喧嘩するほどなんとやらだ。玄湖に対して結託する時も息がぴったりだった。

「よーし、朝餉《あさげ》を食べたら出かける準備をしよう！」

玄湖がそう言うと、その場のみんなが笑顔になった。

もちろん私もだ。

「家族みんなで出かけるの、楽しみですね」

「そうだねえ」

出かけると聞いて、大慌てで朝食を掻き込み始めた南天と檜扇に玄湖は苦笑した。

「ああ、お前たち、そんなに慌てなくて大丈夫だって。置いて行ったりしないから」

「喉に詰まらせたら大変よ。ちゃんと噛んで食べてね」

ふぁーい、と食べ物を口に含んだまま返事をする南天と檜扇。その様子に笑いを堪《こら》えながら、私も朝食を口に運んだ。

朝食の後、玄湖の髪をいつもより丹念に梳《す》くと、お返しにと私の髪も整えてもらった。

玄湖は手先が器用で髪をいじるのも上手だ。複雑に髪を編み込んで、リボンを結んでくれた。

「今日は銀座に行こうか。小春さんも支度をして……そうだ！　たまには洋服にするのはどうだい？」

「い、いえ私は着物で……。袖《そで》を通していないよそ行きの着物も、まだたくさんありますし。せっかくだから今日はそれを着ようかしらって」

「そうかい？　小春さんには淡い色のワンピースなんかも似合いそうだけどなあ」

昨今は洋装の女性も随分増えた。確かに憧れはするのだが、私にはまだまだ敷居が高い。

「いきなり洋装で出かけるのは、ちょっと恥ずかしいです」

「じゃあ、家の中で着てみることから始めるのはどうだろう」

「うーん、それなら……あ、今日じゃないですよ。今度時間のある時に、ですからね！」

「ふふ、約束だよ。はい、出来上がり」

「ありがとうございます」

手鏡を取り出して、結い上げた髪を見る。

「玄湖さんって本当に器用ですよね」

斜め上に持ち上げた手鏡にリボンを映す。

「リボンの結び方も可愛くて――」

幅広のリボンを映していた手鏡の中に、不意に動くものが見えた。

――ひらりと翻《ひるがえ》る着物の袖《そで》のような何か。

「え……？」

私は振り返り、斜め後ろを向いた。

しかし誰もいない。

「小春さん、どうかしたのかい？」

「いいえ、あの……」

ほんの一瞬、見えた気がしたもの。それは幼い女の子が着るような、色鮮やかな牡丹色の振袖《ふりそで》に見えた。しかしこの家に幼い女の子はいない。

「どうかしたのかい？」

玄湖は心配そうに私の背に腕を回す。私は首を横に振った。

「いえ、きっと見間違いです。早く着替えちゃいましょう」

「……そうだね」

玄湖は眉根を寄せて何事かを思案していたが、私の視線に気が付くと優しく微笑んだ。私の肩をポンと叩く。ニコニコ柔和ないつもの玄湖だ。

「そうだ、お楽を呼ぼう。せっかくだから帯の結び方を凝《こ》ったのにしてもらおうよ。洋服じゃなくても、いつもよりお洒落《しゃれ》にするくらいはいいだろう?」

「それはいいですね」

私は今見たものを頭から追い出しながら頷いた。

出かける準備を終えて玄関に向かう。よそ行きの真新しい着物に袖《そで》を通すと気分が上がる。お楽が帯を凝《こ》った結び方にしてくれたので、着物が尚更華やかになった。

玄関には玄湖以外は全員揃っていた。広々とした立派な玄関だが、五人と一匹が集まるとさすがに狭く感じる。

「玄湖さんはまだみたいですね」

お重は首を傾げた。

「おかしいね。旦那様なんて、一番支度に時間がかからなそうなもんじゃないか」

確かに、髪は私が整えたし、後は着替えるだけのはずだ。

「まあ、一番時間がかからないといえば麦なのでは……？　いつも裸ですからね」

お楽の言葉に私はクスッと笑う。

「本当ね！」

麦は何故か胸を張ってきゅうっと鳴いた。

麦はお出かけでもいつも通りだが、今日のお重やお楽は綺麗なよそ行きの着物姿だった。

着道楽のお楽は特別めかしこんで、鮮やかな黄色に幾何学模様という攻めた柄の着物を粋《いき》に着こなしている。いつもは野良着のお重まで、真新しい鴨《かも》の羽色をした絣《かすり》の着物姿だ。

「お重、その着物よく似合っているわ」

私がそう言うと、お重は健康的な丸い頬を赤く染めた。

「そ、そうですか？　あたしは着物には詳しくないもんで、お楽に選んでもらったんですよ」

「お重はどれを出しても派手だのなんだのと文句を言うではありませんか……これを選ぶのに楽がどれだけ苦労したことか……」

「な、なんだい！」

「もう、喧嘩するほど仲がいいのは知っているけど、今日は喧嘩をしてはダメよ。お楽の着物選びの腕はさすがね。その柄の着物を着こなせるのもすごいわ。それに南天と檜扇の分も選んでくれたし、私の着物も素敵なのを揃えてくれているもの。いつも感謝しているのよ」

「小春奥様にそう言っていただけると、楽も嬉しゅうございます……」

南天と檜扇は、水兵さんのような大きな襟《えり》の付いたシャツと短いズボンで、いつもより動きやすそうだ。

「おでかけ、嬉しいな！」

「みんなで行くんだよ！」

二人は待ちきれないのか、元気いっぱいにその場で足踏みをしている。目を離したらすぐにも外に飛び出してしまいそうだ。

「南天、檜扇。玄湖さんが来るまで待っていて」

「――て……でっ」

その時、どこかから声が聞こえた気がした。と同時に背後でガシャンッと何かが割れる音がして、心臓が飛び跳ねる。振り返ると、玄関の棚飾りに置かれている壺が割れていた。落ちたわけでもないのに粉々になっている。まるで、その場に叩きつけたかのような割れ方だ。

その様子に不吉なものを感じてしまう。

「な、何が……」

その場が凍りついたように静まり返る。

それを破ったのは玄湖がパンパンと手を打つ音だった。ちょうどやって来た玄湖の姿を見て私は安堵する。

「おいおい、みんな、落ち着いておくれ。壺が割れただけだよ。この壺はまだ付喪神《つくもがみ》じゃなかったね。お楽、悪いけど片付けてくれるかい？」

「は、はい……」

お楽が割れた壺の破片を片付け、それを見ながらみんなはもう元通りの態度で笑い合っている。しかし私は気がそぞろになっていた。急に割れたのも気になるが、またあの声が聞こえてしまったのだ。

（……なんだか怒っている気がした）

何を言っているかまでは分からなかったが、そんな雰囲気を感じた。

まるで、姿のない何者かが屋敷にいるかのようだ。割れた壺も、もしかして声の主が怒って叩きつけたのでは——そんな考えが浮かぶ。しかし玄湖含め、他のみんなには今の声が聞こえていない様子だった。妖《あやかし》に見えない妖《あやかし》がいたとしても、それがただの人間の私にだけ見えるなんてあるはずがない。

では今の声は、一体なんだというのか……。私は強張《こわば》る手を胸の前でぎゅっと握った。

「小春さん、お楽が片付けてくれたから大丈夫。ほらほら、そんな顔をしていると、可愛いほっぺがカチコチになってしまうよ」

そう言いながら玄湖は私の頬を突《つつ》いた。いつもと変わらず、カラカラと笑っている。そんな玄湖のおかげで少しずつ強張《こわば》りが解け、心が落ち着くのを感じていた。

「小春さん、それじゃあ行こうか」

「は、はい」

私は玄湖の差し出す手をしっかり握った。微笑む玄湖と目が合ったので笑いかける。玄湖がいるから大丈夫だ。

「ほら、みんな出発だよ。小春さん、カフェーは初めてかい?」

「実はそうなんです。女学校の帰りにカフェーに寄る先輩や同級生はいましたけど、私は急いで帰って家事をしなきゃいけなかったので」

「小春さん、女学生の頃から働き者だねえ」

「そんなことないですよ」

「いーえ、小春奥様は働き過ぎですよ。掃除も毎日しっかりしているし、その上あたしの手伝いまでなさるじゃありませんか」

「ええ。楽も洗濯物を畳《たた》むのを手伝っていただきました……」

お重とお楽にそう言われ、私は慌てて手を振った。

「そんな、大したことじゃないわ。今までは父と二人だけとはいえ、全部自分でやっていたことなんだから」

「小春さん。今日はそういうのを一切忘れて、美味《おい》しいものを食べようじゃないか」

「わーい、美味《おい》しいの！」

「わーい、何食べるの？」

南天と檜扇は楽しげにはしゃいでいる。麦は既にはしゃぎ疲れて玄湖に抱かれていたが嬉しそうだ。お重やお楽もニコニコしている。

朝から変なことが続いていたが、外に出ると不安な気持ちも忘れてしまった。

「玄湖さん、本当に銀座でいいんですか？　鉄道でもちょっと時間がかかりますし、麦は隠さないと鉄道に乗れないんじゃないかしら」

以前玄湖と二人で浅草まで行ったことがあるが、銀座は浅草へ行くより遠いのだ。麦は玄湖の術で蛇《へび》の尻尾《しっぽ》を誤魔化せば犬に見えるが、犬は鉄道に乗れないから結局隠すしかない。それに南天と檜扇はまだ鉄道に乗ったことがない。いきなり長距離を乗ると疲れてしまうかもしれない。

「大丈夫。鉄道に乗らなくても銀座に行く方法があるのさ。少し歩くけど、いい場所があってね」

玄湖はニンマリと笑った。

屋敷を出て、落ちたら大変なことになる二つ門の橋を渡る。松林をてくてく歩いて玄湖についていくと、不意に開けた場所に出た。松林に不釣り合いな赤い鳥居がポツリとある。

「ここを使うんだ。前に浅草に行った時は使えなかったが、今は尻尾《しっぽ》が五本あるからね」

「ここを使うって、どういうことですか?」

私が尋ねると、玄湖は鳥居を指差した。

「この鳥居を銀座にある鳥居に繋げるんだ。ただ、どこの鳥居でも繋がるわけじゃない。縁のある狐同士が通行出来るように、あらかじめ許可を取っているんだよ。銀座には昔馴染みの狐がいるから」

それから玄湖は南天と檜扇のつむじあたりをツンツンと順番に突《つつ》いた。

「玄湖、何するのー！」

「玄湖、やめてよー！」

突《つつ》かれた南天と檜扇は頬を膨らませ、ぷんぷんと玄湖に怒る。玄湖はやれやれと肩をすくめた。

「変身上手のお重とお楽はともかく、人形の南天と檜扇は髪や瞳が不自然だって思われるからね。私の力でそれを誤魔化す術をかけたのさ。今のお前たちは誰が見てもただの人間に見えるよ」

玄湖も以前出かけた時に、他人からは赤茶色の髪や金色の瞳を黒色に見えるような術をかけていた。同じことを南天と檜扇にもしたのだろう。

「本当⁉　小春、今の僕どう？」

「本当⁉　小春、人間に見える？」

しかし前回同様、私の目にはいつも通りの二人にしか見えない。

「私にはいつも通りにしか見えないけど、よその人からは人間の子供に見えていると思うわ」

「面白いね！」

「ワクワクするね！」

南天と檜扇はその場でパタパタ足踏みをした。

「こらこら、飛び出したら危ないからね。私と小春さんが最初。みんなは遅れずについてくるんだよ」

玄湖はそう言って、私の手を取った。

「じゃあ行こうか。足元に気を付けて」

「は、はい」

玄湖に手を引かれ、ドキドキしながら鳥居の下に入る。ふわっと髪が逆立つような不思議な空気の膜に包まれた。もう一歩進むとその膜は消え失せ、突然、松林の匂いから都会の埃《ほこり》っぽい匂いに変わる。

「わっ……」

目を開くと、ビルディングの壁がすぐそこに迫っていた。

「小春さん、ちゃんと通れたね」

「は、はい。ここは……」

見ると、ビルディングの間の細い袋小路になっている場所だった。奥に小さな鳥居とお稲荷《いなり》さんのお社《やしろ》がある。

「もうここは銀座だよ」

小さな鳥居から次々にお重やお楽が現れた。少し遅れて南天と檜扇。麦は玄湖に抱かれているので、全員揃ったことになる。

「よし、みんな揃ったね。お重、頼んでいたものは持ってきてくれたよね？」

「ええ、旦那様のご要望通り、いなり寿司ですよ」

お重は包みを取り出した。

「ありがとう。このいなり寿司は通らせてもらったお礼に供《そな》えるのさ」

そう言って、お重から受け取った包みを小さなお稲荷《いなり》さんに供《そな》える。

「帰りも通らせてもらうから、よろしく頼むよ」

玄湖がそう言うと、お社《やしろ》からコーンと狐の鳴き声が聞こえた。

「――ああ、ありがたくいただこう。玄湖のところのいなり寿司は絶品だからねえ」

お社《やしろ》からそんな声が聞こえた。甲高い男性のような声だ。

「それで、今日は随分と大人数じゃないか。しかも、人間の匂いまでするよ。それが例の人間の花嫁かい？」

「そうだよ。今日は家族みんなでカフェーに行くのさ。こっちが私の可愛い花嫁さんの小春さんだよ！」

「小春と申します」

玄湖は私の肩を抱いて胸を張る。可愛い花嫁だと紹介され、私は頬が熱くなるのを感じながらお社《やしろ》に向かって頭を下げた。

「ふうん……地味な感じで大したことないじゃないか」

「なっ……！」

——地味な感じ。その一言がぐさりと突き刺さる。確かに私は華やかなタイプではないけれど、初対面でそんなことを言われたのは初めてだった。

私がショックを受けていると、玄湖は一度お供《そな》えしたいなり寿司をさっと取り上げた。

「そんなこと言うなら、このいなり寿司は持ち帰ろうっと！」

「わあっ、玄湖、今のは冗談だって！　天女のような美人だよ！」

慌てたような声に玄湖は満足そうに笑う。再びいなり寿司をお供《そな》えした。

「私の小春さんを悪く言ったら、次はただじゃすまないよ。さあ行こうか」

路地裏から出ると、そこはもう銀座の街だった。

見上げるような大きなビルディング、たくさんの街灯。目の前を横切っていく路面電車。なんでもない日だというのにお祭りのように賑《にぎ》やかだった。

広い目抜き通りを行き交うたくさんの人の姿に、南天と檜扇は目を丸くしている。

銀座は以前行った浅草より洋装の女性が多い気がする。洋服に短い髪で颯爽《さっそう》と歩く姿は見惚れてしまうほど素敵だ。さっきのお社《やしろ》の狐も、銀座の美人を見慣れているから私がいっそう地味に見えたのかもしれない。そんな後ろ向きなことを考えてしまい、慌てて首を振った。せっかく来たのだから楽しまなければ。

「どこに行きます？　私、銀座は何があるか、さっぱりで……」

「あたしやお楽も都会に来たのは久しぶりですからねえ」

「ええ、人の街は十年程度で随分変わってしまいますから……」

「大丈夫、任せておくれ」

玄湖はどんと胸を叩いた。

やって来たのは玄湖の行きつけだというカフェーだった。

「ここは食べ物も美味《おい》しいよ。久しく来てなかったけど、この店は変わらないね」

カフェーの瀟洒《しょうしゃ》な建物に一歩入ると、銀座の喧騒から切り離された穏やかな空間が広がっていた。漂《ただよ》ってくる珈琲《コーヒー》の香りにドキドキしてしまう。

お客さんは多いが、奥の方は席が空《あ》いていて、綺麗な給仕の女性にすぐに案内された。なんとか座れて私はホッとする。

薄暗い店内に外国の音楽が流れ、お客さんの密やかな話し声と混ざり合っている。橙色《だいだいいろ》の照明に頭がぼうっとしてしまいそうだ。南天と檜扇はキョロキョロ見回して楽しそうにしている。私も同じようにキョロキョロしたかったが、恥ずかしさが勝ってそっと店内を窺うのが精一杯だ。それでもなんだかソワソワしてしまう。

「とりあえず南天と檜扇はソーダ水とあいすくりん、他は珈琲《コーヒー》とサンドイッチ、それと適当に摘めるようにチョコレイトにしよう」

メニューも玄湖がさっと決めてくれた。そして懐《ふところ》に隠れた麦に囁《ささや》く。

「麦はそのまま懐《ふところ》で大人しくしていておくれ。こっそり私のサンドイッチをあげるから」

「きゅん！」

麦はサンドイッチが貰えると分かり、小さな声とは裏腹に力強く返事をした。

初めてのカフェーはとても楽しかった。苦いけれど香り豊かな珈琲《コーヒー》を味わう。ふんわりしたサンドイッチも美味《おい》しい。ずっと自分には敷居が高いと避けていたが、珈琲《コーヒー》の香りと苦味は癖になりそうだ。

「珈琲《コーヒー》、美味《おい》しいですね」

「そうだろう？」

玄湖に小声で言うと、玄湖は嬉しそうに目を細めた。

「小春さんって、カフェーに来たことがないんだったよね」

「ええ」

「いやね、この店にも結構女学生さんがいるだろう」

玄湖の視線の先には、少し緊張した面持《おもも》ちで珈琲《コーヒー》を飲む女学生たちがいた。初めて来たのか、頬を紅潮させているのが初々《ういうい》しくて可愛い。他の席にもそんな女学生がチラホラいる。

「ほら、先輩らしい子が年下の子を率いているだろう。みんなああやって連れ立っているから、小春さんも来る機会があったんじゃないかと思ってさ」

「そうですね……私にも誘ってくれた先輩がいたのですが、あの頃の私は、どうしてもカフェーに行く勇気が持てなくて……」

家事が忙しいからと誘いを断ってしまったのだ。そうこうしているうちに、その先輩は結婚が決まり、卒業を待たずに女学校を辞めてしまった。いくら学業と家事で忙しかったとはいえ、一日くらいならどうにか出来たはずだ。

私は女学生時代のその先輩を思い出す。長い黒髪の似合う美人だった。流行《はや》りものに詳しく、お洒落《しゃれ》で素敵で、とても大人びて見えた。私にとって憧れの女性で、そんな彼女から誘われたのは嬉しかった。

彼女の誘いを断らず、勇気を出して一度くらい一緒に行ってみればよかった。今更ながらにそう思えたのは、玄湖が連れてきてくれたおかげかもしれない。

「でも、玄湖さんがカフェーに連れてきてくれて、夢が一つ叶いました」

私がそう言うと、玄湖は蕩《とろ》けそうな笑みを浮かべた。

「小春さんがしたいことはなんでも言っておくれ。一緒に夢を叶えよう」

「玄湖さん……ありがとうございます」

「うん。私だけじゃないさ。みんな小春さんに笑っていてほしいんだよ」

ねえ、と玄湖がお重たちに言うと、みんなはニッコリ笑った。

「ええ、ええ。食べたいものがあったらあたしに任せてくださいよ。洋食はちょいと難しいですが、小春奥様と一緒なら少し作れるようになってきましたし！」

「まあ、お重は食べることばかり。小春奥様、衣装に関することならこの楽にお任せくださいませ。着物だけでなく、洋服も完璧に合わせてみせますとも。そう、舶来品《はくらい》の化粧品なども……」

「お楽こそ着飾ることばかりじゃないか！」

お重とお楽は相変わらずだが、それでも自分たちの得意分野で私を喜ばせようとしてくれるのは理解している。

「小春、何かあったら手を握ってあげる！」

「小春、何かあったら一緒に歩いてあげる！」

南天と檜扇は同じ角度で首を傾け、私に笑いかけた。そんな二人が可愛くてたまらない。

「きゅっ……きゅう！」

玄湖の懐《ふところ》に隠れている麦も力強く鳴いた。

「こらこら、みんな声が大きいよ。……特に麦、シーッ！」

玄湖は小声で懐《ふところ》の麦にそう言う。

私は口元を手で押さえてクスクス笑ったのだった。

カフェーでの楽しい時間はあっという間に過ぎていった。

「楽しかったね」

店を出て玄湖は言う。私は大きく頷いた。

「はい。みんなで来ることが出来て嬉しいです！」

玄湖と二人でカレーを食べに行ったのも楽しかったが、家族みんなで出かけるというのはまた別の楽しさがある。

「じゃあ帰ろうか」

「あ、旦那様。あたしとお楽は買い物してから戻りますよ」

お重とお楽は行きたいところがあるようだ。

「そうかい。たまにはゆっくりしておいで。お重はサンドイッチより、蕎麦《そば》の方がよかっただろうしね」

「あら、気付きました？」

お重はペロッと舌を出した。

どうやらカフェーの食べ物だけでは物足りなかった様子だ。

「ら、楽は本当に買い物です！　新しい着物を見に行きたくて……」

「おや、お楽こそみつ豆が食べたいってぼやいていたじゃないか」

「もう、お重！　言わないでください……！」

お楽は顔を赤く染め上げた。

私はいつものお重とお楽のやり取りにクスッと笑う。

「はいはい。じゃあ、お重とお楽は好きに買い物なり買い食いなりするといいよ」

「また後でね」

二人と別れ、私たちは歩き出した。しかし、南天と檜扇がお重とお楽に触発されたのかゴネ始めた。

「ねえ、まだ帰るのいーやだ！」

「ねえ、もっと遊んでたーい！」

カフェーでは大人しくしていたが、賑《にぎ》やかな銀座の街から帰るのが惜しくなってきたらしい。南天と檜扇は我儘《わがまま》を言って駆け出した。

「まったくあのちびすけども！　小春さん、捕まえてくるから、そこで待っていておくれ！」

そう言って、抱えていた麦を私に渡す。

「は、はい」

私は走り去った玄湖たちを目で追い、通行人の邪魔にならないよう道の端に寄る。

しばらくすると、胸に抱えた麦がきゅわぁと鳴く。欠伸《あくび》をしたのだ。カフェーで玄湖からサンドイッチを食べさせてもらい、お腹いっぱいで眠くなったのだろう。

「なかなか戻ってこないわね」

撫でていると、麦はそのまま眠ってしまった。

「あの……もしかして、由良《ゆら》さんのところの小春ちゃんじゃ……」

突然そう声をかけられ、私は顔を上げる。目の前に藍色《あいいろ》の羽織を着た若い男性が立っていた。どこかで見たような気がするが、誰だっただろうか。

「ええと……?」

「あっ、急にすみません。でも、小春ちゃんだよね? 俺、山内昌平《やまうちしょうへい》だよ。覚えてないかな。尋常《じんじょう》小学校で一緒だった……」

そこまで聞いて思い出す。目の前の青年と近所に住んでいた同級生の姿が重なった。

「昌平くん⁉」

尋常《じんじょう》小学校に通っていたのはもう何年も前のこと。山内も当時は坊主頭に負けん気が強い顔をした子供だった。それが、随分と身長が伸びて、爽《さわ》やかな風貌の青年になったものだ。

「わあ、久しぶりね。随分立派になって……」

「小春ちゃんこそ、垢《あか》抜けて綺麗になったね。俺、大工をやっていてさ、今はこの近くの現場に来ているんだ」

着ている羽織をよく見ると、大工の組名が刺繍《ししゅう》されている。その視線に気が付いたのか、山内は誇らしげに胸を張った。

「そうだったの。昔から高いところが好きだった昌平くんにぴったりね。木登り、クラスで一番上手だったのを覚えているわ」

私がそう言うと、山内はニイッと歯を見せて笑う。

「ああ、覚えていてくれたのか！　今も親方に高いところの作業は任せてくださいって言っているんだ。あ、そういえば……帰省した時、うちのおふくろから聞いたんだけどさ。小春ちゃんのお父さんが亡くなったって……」

山内は言葉を濁《にご》す。

「ええ、半年ほど前に。山内のおばさんには父のお葬式の時にお世話になって、とてもありがたかったわ」

山内家は松林から出た近隣にある。父が亡くなったのは急なことだった。何をしたらいいのか右も左も分からない状態の私は、山内のおばさんを含め、近所の女衆に世話をしてもらった。おかげで父をきちんと送り出すことが出来たのだ。

「俺は今、親方の家に住み込みさせてもらっているんだ。だから帰省しておふくろから聞くまで知らなくて。子供の頃、おじさんに鞄の留め具を直してもらったことがあったのを思い出してさ。……遅くなったけど、ご冥福《めいふく》をお祈りします」

山内は礼儀正しく深々と頭を下げる。

「昌平くん、わざわざありがとう」

私も頭を下げた。それで話は終わりだろうと思った瞬間、山内に手首を握られた。そのままぐいっと引き寄せられる。

「えっ、な、何……？」

「なあ小春ちゃん。この後、時間ないかな。ちょっと頼みたいことがあってさ。俺に少し付き合ってほしいんだ」

「ごめんなさい。私、家族と来ていて……」

「家族……？」

ちょうど玄湖が南天と檜扇の首根っこを掴んでこちらに向かってくるのが見えた。

「小春さん、お待たせ。ほら、ちびすけども、帰るよ！　……って、おや、知り合いかい？」

「あ、玄湖さん。こちら、尋常《じんじょう》小学校の時の同級生の山内昌平さんよ」

玄湖を見た山内は目を丸くして、掴んでいた私の手を慌てて離した。

「……も、もしかして、旦那さんか？」

「はい、私は小春の夫の尾崎玄湖と申します。妻がお世話になったようで」

玄湖はよそ行きの顔をして山内に挨拶《あいさつ》をした。いつもはちゃらんぽらんで胡散臭《うさんくさ》いが、そうしていると落ち着いた若旦那のように見える。

それに私を妻だとはっきり言ってくれたことが嬉しくて、頬が熱くなるのを感じた。

「こ、小春ちゃ……いや小春さん。結婚していたのか。おふくろから何も聞いていなかったから知らなくて……」

「喪中だし、ちょっと事情があったものだから……。でも、とても素敵な旦那様なのよ」

「そうとは知らず、誘おうとしてしまって失礼をしました」

山内は困った顔で私と玄湖に頭を下げた。急に手首を掴まれた時は困惑したが、悪気はなかったのだろう。

南天と檜扇は山内を見て首を傾げた、

「小春、この男に口説かれてたの？」

「小春、この男についていってっちゃうの？」

南天と檜扇がそう言ったものだから、山内は目を白黒させた。

「い、いや、違うんだ。ちょっと悩んでいたことがあって、女性の意見が聞きたかっただけで……。小春さん、それから尾崎さん、すみません！」

山内は真っ赤な顔で汗を流し、ペコペコ頭を下げた。

「こら、南天、檜扇、失礼なことを言わないの！　昌平くん、こちらこそごめんなさいね」

「小春さん、今は幸せなんだね。お父さんが亡くなったって聞いて心配していたからさ。旦那さんの連れ子も可愛い子たちじゃないか」

南天と檜扇は玄湖の子供ではないのだが、玄湖が作った人形が付喪神《つくもがみ》になったのだから、似たようなものかもしれない。

私は山内に頷いてみせた。

「ええ、今はとても幸せなのよ」

心からの言葉に、自然と微笑みが浮かぶ。

「うん、それならよかった」

山内も笑い返してくれた。幼いの頃の面影《おもかげ》が重なる笑顔だった。当時の私は山内にはっきり恋をしていた自覚はない。それでも砂糖菓子のように甘くて微笑ましい思い出がある。もしかしたらあれが淡い初恋だったのかもしれない。

「尾崎さん、奥様を長々と引き留めてしまってすみませんでした。それじゃあ」

山内は大工道具を背負い直し、一礼して去っていった。

「小春さんの幼馴染《おさななじみ》か。ふぅん、なかなかの色男じゃないか」

「もう、玄湖さんってば。父さんが亡くなったことを最近知ったみたいで、お悔やみを言ってくれたのよ」

「うん、ごめん。……小春さんにお似合いで、ちょっぴり嫉妬してしまったのさ」

「確かに玄湖より格好よかったかもね」

「確かに玄湖より優しそうだったもんね」

南天と檜扇がまぜっ返し、ケラケラと笑う。

「こらーちびすけども！」

玄湖は怒ったフリで拳《こぶし》を振り上げた。

もちろんその拳《こぶし》が南天と檜扇に振り下ろされることはなかった。玄湖の右手が私の手を取る。山内のように強引ではなく、そっと優しい手のひらだった。

私は胸が温かくなって、玄湖に微笑む。

「私は玄湖さんが一番です」

私にとって、子供の頃のどんな綺麗な思い出より、玄湖と過ごす今の日々の方がずっと大切なのだ。

「……そう言ってもらえると嬉しいよ」

玄湖も金色の瞳を柔らかく細めた。

「それじゃ、帰ろうか」

「ええ、帰りましょう」

私の帰る家はあの妖《あやかし》屋敷なのだから。

「そうそう、お重がいなり寿司をたっくさん作り置いていたから、帰ったらそれを食べようじゃないか」

「わーい、いなり寿司！」

「わーい、たくさん食べる！」

「んきゅ……？　きゅー！」

寝ていた麦も目を覚まし、元気に騒ぐ。さっきカフェーでたくさん食べたのに、もうお腹が減ったらしい。私の腕からピョーンと玄湖に飛び付いた。

屋敷に帰ると、もう夕暮れで西の空が赤く染まりつつあった。

「楽しかったね、小春！」

「美味《おい》しかったね、小春！」

南天と檜扇はあれだけはしゃいでもまだ疲れていないのか元気いっぱいだ。

「おや、麦はまた寝ちゃったよ」

「たくさんはしゃいで疲れたのね」

玄湖の胸元から麦が顔だけ出して、スヤスヤと眠っている。私は微笑んで麦の額をこちょこちょ指で撫でた。口元をむにゃむにゃ動かしている。夢でも何か食べているのかもしれない。

屋敷に入る時、ほんの一瞬だけ躊躇《ちゅうちょ》してしまった。変な物音や鏡に映った牡丹色の振袖《ふりそで》。また何かが起こったらと思ってしまい、玄関前で足を止める。そんな私に玄湖が言った。

「小春さん、大丈夫だよ。私がついているからね」

玄湖は私の肩にそっと手を置く。その温かさに、私は安心して頷いた。

三章

それから数日経ったが、朝起きて部屋が増えていることはなかった。

「今朝も増えていなかったね。屋敷神《やしきがみ》が少し落ち着いたのかな」

ポカポカと日差しの入る縁側でゴロンと転がっていた玄湖が言った。五本の尻尾《しっぽ》の毛が日差しを浴びてキラキラ光っている。私は玄湖の横に座り、膝に抱えた尻尾《しっぽ》を櫛《くし》で丁寧に梳《す》きながら口を開いた。

「ええ、そうですね。ちょっとホッとします」

屋敷神《やしきがみ》も今までの部屋とは異なる牡丹の間が出来たことで、落ち着いたのかもしれない。相変わらずあの部屋の襖《ふすま》は開かなかったが、玄湖が言っていたようにそっとしておくのがいいのだろう。

何度か聞こえた声のようなものも、なるべく気にしないようにしている。そちらもこのまま落ち着いてくれるといいのだけれど。

「実はね、篠崎《しのざき》さんに今回のことを手紙で相談していたんだよ」

篠崎とは、玄湖の親族の狐で、八本の尾を持つ狐の妖《あやかし》である。

「篠崎さんに？」

「うん、篠崎さんは建物に関して詳しいからね。私は器用な方とはいえ、門外漢だから屋敷神《やしきがみ》のどこがどうおかしいのか調べるのは難しい。この屋敷をドーンと壊してしまうことなら出来るんだけど」

私はそれを聞いて眉を寄せた。

「あの……壊すのはさすがに……」

屋敷神《やしきがみ》は付喪神《つくもがみ》なのだ。言葉は交わせずとも、南天や檜扇と同じような存在だと考えると、壊してしまうのは嫌だった。

「小春さんならそう言うと思ったよ。小春さんは優しいから」

玄湖はむくりと起き上がって私の頬を撫でた。

玄湖の金色の瞳が間近から私の顔を覗き込む。

「私は小春さんを悲しませないようにしたいのさ。もちろん、一番は小春さんの身の安全だけどね」

胸がドキドキと高鳴っていく。吐息がかかりそうなほど玄湖の顔が近いこともあるし、玄湖が私を大切に扱ってくれているのを実感したからでもある。

「――あのう、旦那様……お客様がいらっしゃいました」

その時、お楽が玄湖を呼ぶ声が聞こえた。

「おや、篠崎さんに頼んでいた件かな？」

玄湖と共に玄関に向かうと、玄湖の親族の狐である信田《しのだ》が立っていた。その横に顔を面布《かおぎぬ》で隠した見たことのない少年がいる。少年の髪の色は篠崎と同じ紺鼠《こんねず》色で、同じ色の狐の耳と尻尾《しっぽ》があることから狐の妖《あやかし》なのだろう。身長からして南天や檜扇よりも少し年上のように見える。

「よう、玄湖。それから小春さんも」

「おや、お客って信田さんだったのかい」

私は久しぶりに会う信田さんにペコッと頭を下げた。

「そっちは篠崎さんの使いの小狐だね」

玄湖は面布《かおぎぬ》の少年に向かってそう言った。

「はい、主人様《あるじ》から言伝《ことづて》を預かって参りました」

小狐は大人びた口調でそう言った。少年の姿ではあるが、外見から年齢を推測するのは無意味かもしれない。

「うん、じゃあちょいと外で話そうか。小春さん、その間信田さんをもてなしておいておくれ」

「分かりました。信田さん、どうぞおあがりください」

「おう、邪魔するよ。小春さん、息災《きっぷ》そうで何よりだ」

信田はニカッと笑う。相変わらず気風《きっぷ》のいい男前である。

客間に信田を通し、お茶を持ってくるために退出しようとしたところで呼び止められた。

「小春さん、妖《あやかし》に交じって暮らしてみてどうだい？　玄湖は気が利かないところがあるだろう。困ったことがあったら相談しておくれよ」

「ありがとうございます。良くしてもらっています。それに玄湖さんは優しいですよ。この間も、家族みんなで銀座のカフェーに行ったんです」

「へえ、家族みんなって、お重やお楽もかい」

「はい。それと人形の付喪神《つくもがみ》である南天と檜扇、スイカツラの麦も」

私はあの時の楽しさを思い出して微笑む。

「そいつはよかった。玄湖のことだから少し心配していたんだが、問題ないようだな。その南天と檜扇というのは今外で遊んでいる子らかい？　さっきから声が聞こえてくると思ってね」

庭の方から南天と檜扇が遊んでいる声が聞こえてくる。

「あ、ごめんなさい。うるさかったですか？　静かにするように言ってきます」

信田は破顔して首を横に振った。

「いや、いいんだよ。子供は元気なのが一番さ。篠崎さんから、人形の付喪神《つくもがみ》に名前を与えて可愛がっているって聞いたんだよ。玄湖にしちゃ珍しいことをしたもんだと思ってね。一度会ってみたかったんだ」

「それなら、ここに呼びましょうか？」

「じゃあ、そうしてもらおうか。玄湖のやつ、話が長くなるかもしれねえからな」

南天と檜扇を呼んで、先に客間に行かせる。

私はお重が淹《い》れてくれたお茶を持って客間へ向かった。

「お茶をどうぞ」

「ありがとな」

南天と檜扇は信田を挟んで座り、楽しそうにしていた。会って間もないというのに、すっかり信田と打ち解けて話が弾んでいるようだ。

「小春！　信田すごーい！」

「小春！　信田強ーい！」

二人は目をキラキラさせ、すっかり懐《なつ》いた様子だ。

「ああ、腕相撲——のようなことをちょいとな。俺のこの尻尾《しっぽ》の一本を倒せたら勝ちって遊びさ」

信田はそう言って六本の尻尾《しっぽ》のうち一本をピーンと立てた。

南天と檜扇はキャッキャと声を上げて尻尾《しっぽ》を倒そうとするのだが、二人がかりで体重をかけてもピクリとも動かせない様子だ。

玄湖の尻尾《しっぽ》を触ったことがあるから知っているが、尻尾《しっぽ》は結構柔らかい。南天と檜扇は、見た目は子供だが妖《あやかし》だけあって私より力は強い。そんな二人が遊びとはいえ、まったく敵わないというのだから、信田とは相当力の差があるのだろう。

「信田、押しても全然動かないの！」

「信田、二人でも全然勝てないの！」

南天たちは信田を尊敬の目で見ている。彼らのやり取りが微笑ましくて、笑みが浮かぶ。

「ははは、俺は玄湖の兄貴分だからな。強いのも当然だ。しかし南天と檜扇は玄湖が名前を与えたのもあって、見込みがあるじゃないか。あと二、三年もすれば俺の尻尾《しっぽ》の一本くらい倒せるようになるだろう。百年努力したら、相当強い妖《あやかし》になれるぜ」

私は信田の言葉に首を傾げた。

「あの、信田さん。名前を与えると何かあるんですか？」

「ん？　ああ、小春さんは知らないのか。名前を与えるってのは、妖《あやかし》にとって大事な意味を持つのさ。眷属《けんぞく》、またはそれに準ずるという契約みたいなものか。簡単に言えば身内ってこと。そして名前を与えられた妖《あやかし》は、名前のない妖《あやかし》より強くなる。庭にいる野良スイカツラより、麦の方が強いのも『麦』って名前を得たからさ」

「麦が？」

麦の名前は私と玄湖で相談して付けたのだ。思い返すと、確かにそれまでいじめられていたのに、麦と名前を付けて可愛がっているうちに、いつのまにか麦が野良スイカツラのリーダーになっていた。

「妖《あやかし》は名前が大切だからな。いや小春さんだって、人間って呼ばれるより、小春さんって呼ばれた方が嬉しくないか。通りすがりで名前が分からなきゃ、奥さんとか、お嬢さんとか呼ぶだろう。それだって、そこの人って呼ばれるより感じがいい」

「ええ、確かにそうですね」

南天と檜扇もコックリと頷いた。

「うん、今の名前になる前はどうもこうもって呼び合ってたもん」

「うん、どうもこうもって呼び合ってなかったら、消えてたかも」

南天と檜扇はかつて自らをどうもとこうもと名乗っていた。それはお互いの存在を大切に思い、消えないようにしていたからなのだと知る。

信田はそれを聞いて破顔した。

「なるほど、互いの存在をそうやって強固にしていたんだな。教えられていないのに、賢い子たちだ！」

信田はわしわしと二人の頭を撫でる。二人はえへへと笑った。

「でも、もっと強くなりたい！」

「玄湖のこと倒せるくらい！」

南天と檜扇は無邪気にそう言う。

「うーむ、いい線行きそうとはいえ、玄湖を倒すのはまだまだ無理だな。でも強くなりたいなら修行するのがいいぜ」

「まあ、修行ですか？」

昨今ではあまり使わない言葉に私は目を見開く。

「そうさ。この屋敷で遊んでいたって、強くはならない。何もしていない妖《あやかし》にはなんの能力も身につきゃしないからね。だが俺のところで修行したら確実に力が付くぞ。しかも二人ともまだまだ赤ん坊みたいな付喪神《つくもがみ》だ。これから百年は色々教えて伸ばしてやらないとな。人間も学校に行って色々教わるじゃないか。それと同じさ。どうせ、玄湖はなんにも教えてくれやしないだろうしな」

南天と檜扇は腕を組み、うんうんと頷いた。

「確かにそうかもしれませんが……」

何もしていないという言葉にほんの少し耳が痛い。私はいつもみんなから大切にされてありがたいが、私ももっとみんなに貢献したいと思っているのだ。

「玄湖は狐の中でもちょっと変わったやつでね。普段あんなに遊んでいても実力は指折りだし、器用になんでも出来ちまう。自分がそうだったもんだから、逆に誰かを育てることには向いてないのさ」

「――おや、私がなんだって？」

ちょうどその時、玄湖が客間に入ってきた。しかし使いの小狐の姿はない。

「あら、玄湖さん、篠崎さんの使いの子は？」

「ああ、用件だけ伝えて帰っていったよ。信田さんも一緒に来たってことは、篠崎さんから話を聞いているのだろう？」

「ああ、もちろん」

「篠崎さんに屋敷神《やしきがみ》の様子がおかしいって連絡したら、そろそろ手入れをした方がいいんじゃないかって言われてね。今度、篠崎さんの使いの小狐が屋敷の結界や、屋敷《やしき》神《がみ》の力の流れを調査して、悪くなっている箇所があったら修繕してくれるってさ。あと、たまに野良の妖《あやかし》が入り込むだろう？　それもどうにかなりそうだ」

「まったく、ボロボロのまま何年も放置しているからそうなるんだ。これに懲《こ》りたら、今後はもうちっと真面目にしろよ」

「はは、面目《めんぼく》ない」

信田にお小言を言われて玄湖は頭を掻いた。

「それでね小春さん、調香と修繕の間、篠崎さんの屋敷に招待されたんだ。ほら、前の親族会議には結局小春さんは参加出来なかっただろう？　親族会議とはまた違うんだけど、ちょっとした集まりがあるそうでね。私の知り合いも来るらしいんだ。せっかくだから一緒に顔を出して、小春さんを妻として紹介したらどうかってさ」

あまりに急な話で、私は目をぱちくりさせてしまった。

「そ、そうなんですか。じゃあ、銀座に行った時みたいに、みんなで――」

「いや、ちょうどいい機会だから、お重とお楽には休暇を与えようと思うんだよね。使用人が少ない時期に、たった二人だけで頑張ってくれていたし」

「それなら骨休めに温泉にでも行かせたらいいんじゃないか？」

「いいねえ。お重は確か肥後《ひご》――熊本《くまもと》あたりの出身だし、あっちは温泉も多いだろう」

私の思考が止まっている間に玄湖と信田はさくさく話を進めていく。

「提案なんだが、その間、南天と檜扇を俺に預からせてはくれないか？」

信田がそう切り出すと、南天と檜扇がピョーンと信田の左右の腕に飛びついた。

「行きたーい！」

「修行するー！」

その様子に玄湖は目を丸くした。

「おやおや、南天と檜扇はそっちの方がいいのかい。信田さんがいいなら構わないけど」

「おう、任せておきな！　見込みありそうな子供を鍛《きた》えるのは楽しそうだ」

「あんまり厳しくして、南天と檜扇を泣かせないでおくれよ」

「泣かないよーだ！」

「玄湖のバーカ！」

南天と檜扇は玄湖にあっかんべーと舌を出した。二人は玄湖にだけ反抗期のような辛辣《しんらつ》な態度を取るのだ。

信田は大笑いしながら二人の頭をくしゃくしゃに撫で回した。

「麦は篠崎さんの屋敷に一緒に連れて行こう」

「わ、分かりました……」

あれよあれよという間に決まってしまった予定に、私は面食らいながらも頷くのだった。

それから数日後、篠崎邸へ行く日になった。

数日分の荷物をまとめ、先に屋敷から旅立つ家族を見送る。

「小春、修行に行ってきまーす！」

「小春、強くなって帰るからね！」

南天と檜扇は、一体何が入っているのか謎なほど大きな風呂敷包みを背負い、とにかく張り切っている。楽しそうな姿を微笑ましく思うもどこか寂しい。子離れ出来ない親の気分なのかもしれない。

「二人とも、いってらっしゃい。信田さん、南天と檜扇をよろしくお願いします」

「ああ。しっかり修行させるとも」

次はお重とお楽。こちらは二人ともよそ行きの着物姿だ。機嫌良くウキウキしている。温泉旅行が楽しみなのだろう。

「お重とお楽は温泉旅行でしょう。どうやって行くの？」

「狸《たぬき》の妖《あやかし》も狸穴《まみあな》という近道が使えるんですよ」

お重は胸を張って言った。

「そうなのね。いってらっしゃい。二人とも温泉を楽しんできてね」

「ええ……湯治《とうじ》は久しぶりです。ゆっくり浸《つ》かって疲れを取って参ります」

「小春奥様、お土産《みやげ》買ってきますからね！」

楽しそうな二人に手を振る。

賑《にぎ》やかな四人がいなくなると、屋敷は急にシンと静まり返った。同じ屋敷なのに、静かなだけで雰囲気が異なって見える。

「――私たちも行ってくるわね」

私はそう呟いて、柱を撫でた。

「屋敷神《やしきがみ》も寂しいって思うのかしら……お話出来たらよかったのにね」

私が掃除をするたびに、応《こた》えるように綺麗になっていく屋敷。私にとって、大切な居場所でもある。

「さて小春さん、私たちもそろそろ出発しようか」

「はい。麦もちゃんといるわね」

「きゅん！」

私が麦を抱いて玄関から出ようとしたその時――ドンッと突き上げるような揺れが起こって大きくよろけた。玄湖に支えられて転びはしなかったが、揺れは収まらない。

「小春さん、早く外に出るんだ！」

「は、はい」

私は玄湖に肩を抱かれたまま急いで屋敷から出た。

「まっ……い……かな……」

私にだけ聞こえるあの声がして、屋敷を振り返る。

(今、行かないでって言わなかった……?)

幼い女の子の声。それも、泣きながら母親を追いかける時のような――

しかし外からはただの屋敷にしか見えず、物音や揺れは一切感じられなかった。

「最後の最後で暴れたね。まったく、何が気に入らないんだか」

「玄湖さん、今の声、聞こえました?」

「いや、聞こえなかったよ。小春さんには何か聞こえたんだね」

「ええ……行かないでって。今まで聞こえていたのも、もしかして屋敷神《やしきがみ》の声だったのかしら……」

(でも、どうして私を引き留めようとするの?)

一度屋敷に戻ってみようか。しかし、その逡巡《しゅんじゅん》を読んだかのように、玄湖は私の肩を引き寄せた。

「ダメだよ、小春さん。小春さんが聞いたのが屋敷神《やしきがみ》の声だとしても、戻るのは危険だ。屋敷神《やしきがみ》に何かが起こっているから、今みたいに揺れたりするんだ。それに、少しずつ悪化している気がしないかい？　心配なのは分かるけど、まずは調べて手入れをしてもらわなきゃ」

「――尾崎様、お屋敷のことはわたくしどもにお任せください」

声のした方を見ると、この間の面布《かおぎぬ》で顔を隠した篠崎の使いの小狐と、そっくり同じ格好の少年たちがズラッと並んでいた。

「ほら小春さん、篠崎さんの小狐たちが来てくれたよ」

「でも……今の声、やっぱり何かあるんじゃないでしょうか」

心配する私に、玄湖は優しく言い聞かせた。

「小春さん。この屋敷はかなり古いんだ。建ってから二百年くらいかな。付喪神《つくもがみ》は九十九年でなるものだから、既にその倍ってわけさ。問題なく見えてあちこちにガタがきていてもおかしくない」

「まあ、そんなに！」

私は目を見開く。思っていたより築年数が経っていて驚いた。

「そう。しかも、この場所は知っての通り、彼方《あちら》と此方《こちら》の境目の不安定な場所にある。だから普通の屋敷神《やしきがみ》とも違ってきてしまったのかもしれない。いい機会だから、しっかり手入れしてもらおうと思うのさ」

「はい。おそらく、お屋敷内の結界に綻《ほころ》びがあるのだと思われます。また、妖力の流れが滞《とどこお》っている箇所があるので、そのせいで不必要な増築をするのではないでしょうか。まずはそのあたりを手入れいたします。ほんの数日で終わりますので、お任せください」

「うん、よろしく頼むよ。小春さん、屋敷を手入れしてもらえば、おかしなことも収まるよ。屋敷に変な妖《あやかし》が入り込んで、小春さんが危険な目に遭うこともなくなる。それが屋敷神《やしきがみ》のためにもなるんだから」

屋敷神《やしきがみ》のためにもなると言われて、私はおずおずと頷いた。

「では……よろしくお願いします」

後ろ髪を引かれるが、屋敷神《やしきがみ》に何か異常が起きているのなら、直してもらった方がいいはずだ。

私はもう一度、静まり返った無人の屋敷を振り返って、祈るようにそう思ったのだった。

私と玄湖は、先日銀座に行った時に使った、赤い鳥居にやって来た。

「篠崎邸のすぐ近くにも繋がっているんだよ。忘れ物はないね」

「大丈夫です」

「きゅう！」

玄湖に抱かれた麦も元気よく返事をした。

「この鳥居って便利ですね」

「だろう？　でもその分、篠崎さんが抜き打ちで見に来ることもあるんだ。まったく、便利過ぎるのも困りものさ」

そう言って玄湖は肩をすくめた。

「もう、そんなこと言っていると篠崎さんに叱られますよ」

「確かに。この距離でも聞こえてそうだ。あの地獄耳の爺《じじい》は」

玄湖はそんな悪態を吐く。篠崎に関しては妙に素直ではないのだ。しかし玄湖が篠崎を慕っているのを私はちゃんと分かっていた。

玄湖は私の手を握り、鳥居をくぐる。銀座に行った時と同様、見えない空気の膜に包まれる。それが消えたと思ったら、急に眩《まぶ》しさを感じて思わず目を閉じた。

「小春さん、着いたよ」

ゆっくり目を開くと、薄暗い松林から一転、明るく開けた場所に出ていた。

目の前には大きな滝がある。ドドドドと激しい水音と共に大量の水が川に流れ込んでいた。すごい迫力の滝である。断崖絶壁の岩山が聳《そび》え立っていて、そのずっと上から水が落ちてくるのだ。てっぺんが見えないほど飛沫《しぶき》が激しく、綺麗な虹がかかっている。

「わあ、すごい滝……」

滝壺に落ちた水は岩を削ったような川に流れていく。水量が多く、激しい白波が立っていた。

どうやらここは高い山のようだ。ずっと遠くには水墨画のような別の山の稜線《りょうせん》が見える。近くに人工物らしきものは見当たらない。

「随分広いんですね。もしかして、この山ごと篠崎さんの家なんですか？」

「うん。見えるところは全部そうらしいよ。ここは縦に細長い円柱状をした山の中腹あたりだ。でも、上も下も崖になっているから広く見えても行ける場所は多くないよ」

川原は岩場になっていて、大きな岩がゴロゴロしている。岩の隙間のわずかな土から草が生えている程度で植物は少ない。山道に並行して川も緩やかに傾斜していく。時折、飛沫《しぶき》が太陽の光を反射し煌《きら》めいていた。

山道だから平坦ではないが、地面はしっかりならされており、砂利が敷かれて歩きやすい。最初こそ岩ばかりだったが、山道を下るうちに草や緑が増えていった。ずっと下の方にポツンと屋敷の屋根が見える。

「あのお屋敷ですか？」

「そう。ここから屋敷までもうちょっと歩くよ。疲れてないかい？」

「これくらい、へっちゃらです」

山道を歩いた経験はないが、子供の頃に行った遠足を思い出す。玄湖が手を引いてくれるのもあって、その時よりずっと歩きやすい。

「それから、川には気を付けておくれよ。流れが急なだけじゃない」

「もしかして、この川も彼方《あちら》と此方《こちら》が混じった川なのですか？」

「その通り。その上周囲は岩ばかりだから、足を滑らせないように注意するんだよ」

「は、はい」

私は頷き、玄湖の手をしっかり握り直した。

「昔話で、隠れ里や桃源郷《とうげんきょう》って聞いたことはないかい？　ここはそういう場所だ。うちの屋敷は境目といっても人の世界側にあるけれど、ここはもっと彼方《あちら》寄りというわけ。でも、川にさえ入らなければ大丈夫さ」

玄湖は歩きながらそう教えてくれた。

心地よい風が吹いている。ほんのり花のような甘い香りが混じる風だ。

空は雲一つない快晴で暑くも寒くもない。綺麗だが、なんだか不思議な雰囲気の場所だった。歩いても汗ばむことすらない。

歩きながらあちこち見ていくうちに、ふと違和感の理由に気が付いた。

「ねえ、玄湖さん。ここ、鳥の鳴き声がしないのね。虫もいないみたい」

道の脇にポツリ、ポツリと木が生えており、手前の木には美味《おい》しそうな桃が色付いていた。どうやらこのあたりにあるのは全て桃の木のようだ。しかし熟して落ちた実に虫が集《たか》っていない。川の音や風の音はするが、生き物の気配がなくて、妙に静かに感じる。

「それに、なんだか季節も混ざっているみたいだわ」

同じ桃の木でも季節がバラバラだった。たわわに桃が実っている木もあれば、未成熟な緑色の桃が実っている木もある。かと思えば、紅葉《こうよう》していたり、桃色の花が咲いていたりする。

「そう。よく気が付いたね。この隠れ里は四季が混じっているし、篠崎さんやその眷《けん》属《ぞく》、招かれた客以外の生き物はいないんだ」

「山の中なのに、鳥の鳴き声すらないのはちょっと寂しいですね」

「そうかな？　獣や毒虫もいないから、小春さんには安全な場所だと思うよ。篠崎さんの屋敷には私たち以外にも妖《あやかし》が呼ばれているけれど、彼らには小春さんに危害を加えないよう、篠崎さんが周知している。だから安心していいよ」

毛虫や蜂もいないというのは確かに安全かもしれない。

麦はぴょんっと玄湖の腕から飛び降りて、甘い香りのする桃を見上げてヒンヒンと鳴いた。食べたいらしい。

「玄湖さん。この桃は食べても大丈夫ですか？」

「うん、大丈夫だよ。ほら、麦」

玄湖が桃をもいで麦に差し出すと、麦は嬉々として食べ始めた。

「まあ、皮ごと食べちゃったわ」

「あ、こらこら、種は固いからダメだよ」

玄湖に種を取り上げられて、麦はきゅうんと切ない声を上げる。

私はそのやり取りを見てクスクス笑う。相変わらず、麦は食いしん坊だ。

「一個だけにしときなって。篠崎さんのお屋敷でご馳走が出るんだからね。あんまり欲張ると食べられなくなるよ」

玄湖はまだまだ食べたそうにしている麦を抱え、遠くに見える屋敷に向かった。

山道を下り、到着した篠崎邸はかなり大きく立派な建物だった。

外側から見た時は和風と思ったが、中の広々とした玄関ホールは洋風で、シャンデリアが輝いている。床もツルッとした大理石で、シャンデリアの輝きを反射して地面に模様を描いていた。

「わあ……」

てっきり尾崎邸のような和風のお屋敷だと思っていたから驚いた。しかし考えてみれば、篠崎は普段から洋装だったし、洋風好みなのかもしれない。和の雰囲気も随所に残っているので和洋折衷《わようせっちゅう》なのだが、決してチグハグにはならず、不思議と落ち着いた雰囲気があった。

「篠崎さん、いい趣味しているだろう」

「素敵なお屋敷ですね」

「うちの屋敷も、篠崎さんの小狐に頼んで一部屋くらい洋室にしてもらえばよかったかねえ」

「そうですか？　私は今のお屋敷で満足ですけど」

そんな話をしていると、トコトコと使いの小狐がやって来た。尾崎の屋敷に来てくれた小狐たちと同じく、紺鼠《こんねず》色の髪と同色の耳と尻尾《しっぽ》、そして面布《かおぎぬ》を付けて顔を隠している。

「尾崎様、ようこそいらっしゃいました」

小狐は見た目も声も、そして話し方も同じため、個人を区別するのは難しそうだ。

「どうぞ、お上がりください」

履物をどこで脱いだらいいのだろうかと逡巡《しゅんじゅん》していたが、玄湖は履物を脱がないまま上がっていった。脱がなくていいものらしい。

通された広間も洋風で、蘇芳《すおう》色の分厚い絨毯《じゅうたん》が敷かれ、革張りのソファが置かれている。

「主人《あるじ》様を呼んで参ります。お掛けになってお待ちください」

おずおずとソファに腰を下ろすと、別の小狐から珈琲《コーヒー》を出される。まるで先日行ったカフェーのようだ。

少し待っていると篠崎がやって来た。パリッとした白いシャツにズボン姿だ。髪もきっちり整えられている。上着を羽織り、帽子をかぶればそのまま銀座に出かけられそうな姿だった。家ではだらしなく着崩してゴロゴロしてばかりの玄湖とは大違いである。

「二人ともよく来てくれた。小春さんも息災のようだね」

「はい。しばらくお世話になります」

　私は篠崎に頭を下げた。

「夕方から宴席を設《もう》ける予定だ。玄湖の好物も用意している。小春さんの口にも合えばいいが。ああ、人の世で食べるものを用意させているから、食事に関しては安心してほしい」

「お気遣いありがとうございます」

「それで、今回は誰が来ているんですか？」

　玄湖がそう尋ねると、篠崎は顎《あご》を撫でながら答えた。

「まあ、色々だ。ただ、親族会議のように堅苦しい集まりではないから、小春さんも気を楽にしてくれ」

「おや、それは良かったよ」

　私ではなく、玄湖がホッとしたようだ。

「だってねえ、親族会議ではいつもものすごーく叱られるからさ。まあ、叱られるのは慣れているけど、小春さんにそんな姿は見せたくないじゃないか」

　肩をすくめた玄湖に、私はクスッと笑ってしまった。

「もう、叱られるようなことをするからですよ！」

「そうだとも。まあ、今はくどくど言うのはやめておこう。玄湖、小春さん。旅行に来たと思って、ゆっくりしていきなさい」

「篠崎さん、何から何までありがとうございます」

私はもう一度篠崎に頭を下げる。

「いや、玄湖に小春さんのようなしっかりした人が嫁いでくれて、私も嬉しいのだよ」

「小春さんと二人で旅行か。いいね、なんだか新婚旅行みたいじゃないか」

玄湖が頬を緩ませてそう言うと、膝の上で大人しくしていた麦が玄湖をカプッと噛んだ。どうやら自分のことを忘れるなという意味らしい。

「あいたっ！　麦を忘れているわけじゃないったら！」

「きゅうんっ！」

痛がる玄湖と文句を言う麦に、私だけでなく篠崎にも笑みが零れた。

「それから麦、と言ったかね。君にも美味《おい》しいものをたくさん用意しているよ」

「きゅっ！」

麦は嬉しそうに目を輝かせた。

「良かったわね、麦」

「そうそう、今回は珍しく鬼も滞在しているのだよ。私に相談事があるそうでね。玄湖、喧嘩するなよ」

「しないったら」

「まあ、鬼ですか」

私はそれを聞いて目を丸くする。想像する鬼は肌が赤く角を生やした、虎柄の下穿きの恐ろしい姿である。

「小春さん、鬼っていっても篠崎さんの客人だから怖がらなくて大丈夫さ。篠崎さんは面倒見がいいから、親族以外の妖《あやかし》からも相談とか仲裁とか、色々頼まれるそうだよ」

「ああ。私はこう見えて忙しいのでね。最近は抜き打ちで見に行けなくて悪かったね、玄湖」

篠崎はにこやかなまま、そう皮肉を言った。つまり、さっき鳥居の近くで話したことを本当に聞いていたのだ。

「おっと、藪《やぶ》を突《つつ》いてしまったね」

玄湖はおどけた様子でペロッと舌を出したのだった。

その後、使いの小狐に案内されて、滞在する間寝泊まりする建物にやって来た。母《おも》家《や》となる屋敷のすぐ側にある離れである。

「こっちは和風なんですね。ちょっとホッとしました」

洋風な建物も素敵だと思うのだが、慣れないので気が休まらない。居間は畳《たたみ》敷きで、広過ぎず安心感のある雰囲気だ。

畳《たたみ》の匂いにホッとしたのだろう。自然と肩の力が抜けた気がする。

居間の座卓《ざたく》に茶器が一式用意されている。側の薬缶《やかん》には熱いお湯が入っており、すぐにお茶を飲むことが出来そうだ。

至れり尽くせりで本当に旅館にでも来たかのようだった。

「御用がございましたら、いつでもお呼びください。宴席の支度が整いましたらまた参りますので、それまでごゆるりとお寛《くつろ》ぎください」

「ありがとう」

私はさっそく離れの中を見て回った。

居間の横、障子《しょうじ》を開けると広縁《ひろえん》になっており、しなやかな曲線を描く籐《とう》の椅子が置いてある。ここに座ってゆっくりお茶をするのも良さそうだ。

隣の部屋は寝室で、既に布団が二枚敷かれている。その横に、ふかふかのお座布団がちょこんとあるのは、麦の布団代わりだろうか。

　そんなことを考えていると、居間の窓際にいる玄湖に呼ばれた。

「小春さん、こっちこっち。外を見てごらん」

「何かあるんですか？」

「下だよ」

「下……ひっ！」

　玄湖の言う通り窓の下を見て、私は血の気が引いてくらりとした。この離れは切り立った崖の真上に建っていた。そのため、窓から崖の真下まで見通せる。相当の高さがあるようで、景色が霞《かす》み、ずっと下には雲が見えた。こんなに高い場所から下を見ることはそう経験がない。かつて、玄湖と浅草に行った帰りに共に空を飛んだ時以来だろうか。いや、あの時よりずっと高い。

「高いところは苦手かい？」

「す、少し……びっくりして」

「ごめんごめん。この離れだけじゃないよ。ほら、この山は縦に細長い円柱状をしているって言っただろう。平らな土地が少なくて、この離れのあたりもすぐ下が崖になっているんだ。人がこの山を登ろうにも、相当な高さがあって無理なわけさ。例外は妖《あやかし》だけってね」

「そうだったんですか……」

「あ、そういえば吊り橋があったはずだよ。篠崎さんに会いに来る客人がなかなか多いらしくて、宿泊用の別館を建てることにしたんだって。けど、崖ばかりの山だから平らな土地が少ない。だから長い吊り橋をかけて隣の山に建てたんだそうだ。そっちは完全な洋館だってさ」

「へえ……篠崎さんってすごいんですね。この離れも旅館みたいですし」

「まあ、ここまでくると趣味だと思うよ。洋風好み――いや目新しいものが好きというか。どこかの有名な洋館そっくりにしたらしい。しばらく滞在するんだし見に行こうか」

「はい」

なんだかますます観光旅行にやって来たような気分になってしまう。いや、麦はいるけれど新婚旅行だろうか。そう考えると嬉しいような恥ずかしいような胸のドキドキを感じるのだった。

「でも宴席に出るのは、ちょっと緊張してしまいますね」

私はどちらかといえば人見知りだ。知らない人ばかり、それも私以外は全員妖《あやかし》なのだろう。そう思うと緊張するのは当然だ。しかし玄湖はきょとんとしている。

「何を緊張することがあるんだい」

「玄湖さんって、緊張とは縁がなさそうですね……」

「まあ、あまり緊張した経験はないかねえ」

確かに緊張する玄湖というのはまったく想像がつかない。そういう大らかな部分は玄湖の美点だろう。

「私も麦もいるから大丈夫だよ」

「ええ、頼りにしてます」

「きゅうん！」

「ふふ、麦もよろしくね」

気合を入れた麦に私は頷いた。

夕方になり、使いの小狐に案内され、宴会場である座敷にやって来た。いくつも部屋を繋げたような広い座敷だ。天井《てんじょう》も高く、開放感がある。ここも離れと同様に完全な和室だったので安心した。もし洋風のダイニングルームで洋食が出てきたら味なんて分からないほど緊張してしまうだろう。

座敷の襖絵《ふすまえ》は墨で描かれた狐だ。宴会場としては少し華やかさに欠ける印象だが、何か違和感がある。じいっと見ていると、描かれた狐の墨絵がぴょんぴょん、ぴょこぴょこと動いていた。いや、踊っている。なんだか楽しそうに見えてしまうほどだ。

「わ、玄湖さん、狐の絵が動いています！」

「お、付喪神《つくもがみ》だねぇ。宴《うたげ》だから楽しいのかな」

私はつい、ふわぁ、と吐息が漏れてしまった。分かっていても新しい驚きがある。さすが妖《あやかし》の隠れ里だ。

「こちらのお席にどうぞ」

席に案内され、膳の前にそれぞれ腰を下ろした。

座敷を見渡すと、用意された膳はかなり多い。思っていたよりたくさんの妖《あやかし》が来ているようだ。既に半数くらいの席が埋まっていて、入ってきた私と玄湖に視線が集まる。一見して恐ろしい外見の妖《あやかし》はいないが、獣の耳や尻尾《しっぽ》が生えていたり、髪が鮮やかな色だったりする。

この座敷にいる全員が妖《あやかし》なのだ。改めてそう思うと途端に緊張してきた。

「――おや、玄湖じゃないか。そちらの女性が噂の……？」

「そうだよ。可愛い花嫁さんだろう！」

「玄湖、久しぶりだなぁ。話を聞かせてくれよ」

「おい、尻尾《しっぽ》を失くしていたって本当かい？」

玄湖はさっそく数人の妖《あやかし》に囲まれて話しかけられている。

「みんなに紹介するよ。私の可愛い花嫁の小春さんだよ」

玄湖を囲んでいた妖《あやかし》の目が一斉に私へと向いた。

「あ、あの……小春と申します」

「いやあ、まさかあの玄湖が結婚するとはねえ」

うんうんと頷く妖《あやかし》たちは、人間である私に思うところはないようで安心した。

「なあ、玄湖の花嫁さん、酒飲むかい？」

ぽっちゃりとした妖《あやかし》の男性が徳利《とっくり》片手に近寄ってきた。赤ら顔で酒の匂いがしている。かなり酔っているようだ。

「いえ、お酒はちょっと……」

「なんでえ、俺の酒が飲めないってのか？」

断ると妖《あやかし》の男性の顔がますます赤くなっていく。

「こーらっ！　私の小春さんを脅《おど》かすんじゃないよ」

さっと割って入ってくれたのは玄湖だった。私はホッとして玄湖の袖《そで》を握る。

「あ、いや、そういうつもりじゃねえんだけどさぁ」

赤ら顔の妖《あやかし》は誤魔化すように頭を掻いた。

「まったく。みんなもよく聞いておくれよ。もし、私の可愛い花嫁さんを少しでも傷付けたら……これから酒を飲んでも泥水の味しかしないように狐の術をかけてやるからね！」

玄湖はニターッと笑って手をワキワキさせた。

「わ、悪かったって。酒の味が楽しめなくなっちゃたまらないよ！」

玄湖と妖《あやかし》の男性のやり取りに、周囲からドッと笑い声が上がった。

「それから魚を食べたら毎回骨が喉に刺さる術だ」

「それも困る！」

座敷は賑《にぎ》やかな笑いに包まれる。玄湖はこの場の空気を壊さないようにしながら、私を守ってくれたのだ。

「ありがとうございます、玄湖さん」

「いやいや、当然のことさ。さあ、食べようか。麦もお腹ぺこぺこだろう？」

「きゅう！」

麦は私たちを待っていてくれたらしい。玄湖が促《うなが》すと大喜びで食べ始めた。

お膳の上に、美味《おい》しそうなご馳走がたっぷり盛られていた。食材も私が食べられるものだけと聞いていたから安心だ。味もとても美味《おい》しい。お重の料理が美味《おい》しいのですっかり舌が肥えてしまっていたが、負けず劣らずの美味《おい》しさだ。

しばらくして、私と玄湖は食べ終わったが、宴席はまだまだ終わりそうにない。座敷は賑《にぎ》やかで、妖《あやかし》の客人たちは楽しそうに酒を酌《く》み交わしている。

麦はといえば、ご馳走をお腹がはち切れそうなほど食べ、苦しそうにハヒハヒ言いながら転がっている。お腹がまん丸に膨れていて、見るからに食べ過ぎた様子だ。

「麦ったら、食べ過ぎよ」

「どうしようか。そろそろ部屋に戻って――」

「おーい、玄湖！　お前は飲んでるかぁ？」

突如、酔っ払った妖《あやかし》がガバッと玄湖と肩を組んできた。さっきとは違う妖《あやかし》の男だ。

「おや、司波《しば》さんじゃないか。随分酔っ払ってるねえ。小春さん、この妖《あやかし》は私の古馴染みでね――」

「おい玄湖、全然飲んでないじゃないか。お前も飲めよぉ！」

司波と呼ばれた妖《あやかし》は玄湖に杯《さかずき》を押し付け、徳利《とっくり》を傾けて酒をドバッと注《つ》いだ。

「玄湖が結婚した祝い酒だぁ！」

「おっとっと……祝い酒と言われたら断りにくいね」

今にも零れそうな酒を玄湖はぐいっと呷《あお》った。

「いい飲みっぷりじゃないか。ほれ、こっちこーい！　嫁さんの話を聞かせろよぉ」

「いや、ちょっと、小春さんが……わぁー！」

玄湖はそのまま酔っ払った司波にズルズルと引き摺られていく。

がっしりと肩を掴まれて身動きが取れないらしい。困ったように眉を下げて私に言った。

「小春さん、先に部屋に戻っていてくれても……」

「いいえ、待ってますよ」

麦のお腹がパンパンで苦しそうなので、もう少し休ませてから戻った方がいいと思ったのだ。

玄湖が連れて行かれ、麦は寝てしまっている。手持ち無沙汰になった私はキョロキョロと座敷を見回した。

「私もお酌《しゃく》とかした方がいいのかしら」

玄湖の花嫁として、挨拶《あいさつ》して回った方がいいのではないか。

離れた席に篠崎がいるのが見えたが、彼もまた妖《あやかし》に囲まれている。話しかける機会を探っていると、篠崎の横にいる蟹《かに》のような平たい顔をした妖《あやかし》の男性にジロッと睨《にら》まれた。人間の私は表面的には受け入れられているとはいえ、全員が好意的というわけではないようだ。そんな中に入っていく勇気が私にはなかった。

「で、でも少しはこっちから話しかけなきゃね」

怖そうな酔っ払いの集団には及び腰になってしまうが、話しかけやすそうな相手がいたら自分から話しかけてみよう。そう考えた私は、改めて座敷に視線を巡《めぐ》らせる。

私から少し離れた席に、額から紅色《べにいろ》のツノが二本生えた男性がいた。その隣には妖《よう》艶《えん》な雰囲気の美女がしどけなく足を崩して座っている。

「ねーアタシ退屈ー！　あっちに行きたいんだけどぉ」

「もう少し座っていろ」

「もう飽きたよぉ」

女性はプクッと頬を膨らませた。見た目こそ妖艶《ようえん》な美女だが、仕草や表情はまだあどけない。案外、私と同じ年頃なのかもしれない。料理を食べ終わったのか、退屈そうに崩した足をパタパタ動かしている。帯留めの鈴が、彼女が動くたびにチリリン、チリリンと軽い音を立てた。

（あの女の人なら、私でも話しかけられるかも……）

彼女も暇を持て余しているようだし、少しくらい会話が出来るかもしれない。

「む、酒が無くなりそうだな」

男性がそう言いながら徳利《とっくり》を振った。

「じゃ、小狐を呼ぼうか？」

そんな会話が聞こえて、私は自分の膳にある手付かずの徳利《とっくり》を見る。意を決して、徳利《とっくり》を片手にそちらに向かった。

「あ、あの。よろしければこちらをどうぞ。手付かずですので」

「わあ！　ねえねえ瑰《かい》、お酒貰ったよ！」

女性は私の差し出したお酒を受け取り、隣の男性に酒を注《つ》いだ。

「気を遣わせてしまったか。すまない」

「い、いえ、お二人の話が聞こえたので。私はお酒を飲みませんから、遠慮なくどうぞ」

男性は小さく会釈《えしゃく》した。

外見年齢からすると男性の方が二十代半ばくらい、女性が私と同じくらいの年齢に見える。二人はどことなく風貌が似ているから、兄と妹なのかもしれない。

女性はニコッと人好きのする笑みを浮かべた。癖のない長い黒髪がサラッと揺れる。

「おねーさん、ありがとね。アタシ、皐月姫《さつきひめ》っていうの」

皐月姫はキュッと吊り上がった目尻が印象的だ。そして人間とは違う縦長の瞳孔をした赤い瞳。唇だけでなく目尻にも紅を差している。間近で見ても艶《あで》やかで綺麗な子だ。瑰と呼ばれた男性と同じく、額には紅色《べにいろ》のツノが二本生えている。もしかしたら、彼らが篠崎の言っていた鬼なのかもしれない。想像していたような恐ろしい外見ではないことに内心ホッとする。

それにしても、皐月姫とは初対面のはずだが、どこかで見たような気がする。どことなく懐《なつ》かしいような――私は疑問に思いながら自己紹介をした。

「私はゆ――いえ、尾崎小春と申します」

まだ尾崎と名乗るのは慣れていない。つい由良と言いかけてしまった。恥ずかしさに頬が熱くなる。けれど、玄湖の妻だと名乗れることが嬉しかった。

しかし突然、それまでの和《なご》やかな空気が一変した。目の前の皐月姫が目を吊り上げて、腕を組む。

「はぁ……尾崎ぃ？　尾崎って尾崎玄湖様じゃないでしょうねえ？」

「え？　はい。尾崎玄湖の妻で――」

言いかけた私を遮《さえぎ》り、皐月姫がキッと私を睨《にら》んだ。

「アンタね！　アタシの玄湖様を奪った女ってのは！」

赤い瞳の瞳孔がキュッと細くなり、執念深い蛇《へび》のように私を見据えてくる。

「え、えっと……」

「玄湖様はこのアタシと結婚するはずだったんだから！」

まごついた私に、彼女はキッパリそう言い放った。

私はそれを聞いて目を丸くする。

「け、結婚するはずだったですって？」

元々玄湖に嫁ぐはずだったのは私ではない。強欲で恐ろしい、野狐のお燦狐《さんぎつね》が玄湖の花嫁だった。

――一体どういうことだろう。

私が目をぱちくりさせていると、男性の方が呆れたように口を挟む。

「……皐月姫、馬鹿なことを言っているんじゃない。お前は――」

「瑰は黙ってて！」

皐月姫は連れの男性――瑰に向かってピシャリと言った。瑰と呼ばれた男性は眉を寄せつつも素直に口を噤《つぐ》み、呆れたように酒を口に運ぶ。

「そりゃあ、アタシが結婚を申し込まれたわけじゃないわ。でも、アタシは玄湖様のお声を聞いて運命を感じたの！」

皐月姫は胸の前でうっとりと指を組んだ。

「ああ、アタシに求婚してくださったら絶対に断らないのにぃ……。それなら、アタシが花嫁でもいいじゃない？」

いいはずがあるものか。彼女の勢いに私は面食らった。

私と出会う少し前、玄湖は見合いをしまくっていた時期があったと言っていた。もしかすると、玄湖は皐月姫ではなく、彼女の身内に見合いの話を持っていったことがあったのかもしれない。その相手とは縁がなかったが、話を聞いていた皐月姫が玄湖に運命を感じたということなのだろう。

――もしも玄湖がそれを知っていたら。玄湖は皐月姫を花嫁に選んでいた可能性もあったかもしれない。

そう考えて、胸がチクリと痛んだ。

皐月姫は私のことを頭のてっぺんから爪先までジロジロと見た。その値踏みするような視線に思わず怯《ひる》んでしまう。

「なんかパッとしないっていうか、地味！」

その言葉がグサッと突き刺さった。

「大体さあ、アンタは人間なわけでしょ。なんで玄湖様と結婚したわけ？　妖《あやかし》は妖《あやかし》同士で結婚するべきだってアタシは思うのよねぇ」

「そ、そんな……」

私は胸の前でぎゅっと手を握った。

「いいこと？　アンタなんて、アタシと玄湖様が本当の恋に落ちて、結婚するまでの身代わりにすぎないんだからねっ。絶対、ぜーったい、渡さないんだから！」

目を吊り上げた皐月姫はそう言って私に指を突き付ける。

その拍子《ひょうし》に皐月姫が帯に付けた鈴がチリンと鳴る。その音に、かつてお燦狐に傷付けられた時のことを思い出してしまった。

周囲の気温が急に下がった気がしてブルッと震えが走る。

顔立ちが似ているわけではない。しかし目の前の皐月姫にお燦狐がダブって見えた。

——怖い。目が回って上手《うま》く息が出来ない。

その時、すぐ側から、はあっと大きなため息が聞こえた。

「……すまん。コイツの戯言《ざれごと》は忘れてくれ」

ため息をついた塊が静かにそう言って、皐月姫の首根っこを掴んで立ち上がった。

「ちょっとぉ、離してよー！」

皐月姫は足が床につかず、バタバタと手足を動かしながら怒った声を上げた。

座っていた時は気が付かなかったが、瑰はかなり大柄で筋骨隆々《きんこつりゅうりゅう》としていた。ツノだけでなく、爪も紅色《べにいろ》で長く鋭い。私とさして身長の変わらぬ皐月姫がうんと小さく見えた。首根っこを掴まれ帯留めの鈴をチリリンと鳴らしている姿は、まるで猫の子のようだ。

「皐月姫、あまり我儘《わがまま》を言うと……」

「なによっ、お尻でも叩くっての？　へーんだ、瑰なんて怖くないんだから！」

皐月姫はべえっと舌を出した。

「……まったく、お転婆《てんば》め」

瑰は私に会釈《えしゃく》をすると、ジタバタ暴れる皐月姫の首根っこを掴んだまま宴会場を去っていく。それと共に鈴の音も小さくなる。私はそれが聞こえなくなるまで、その場で呆然としていることしか出来なかった。

それからすぐ、皐月姫たちと入れ替わるように玄湖が戻って来た。相当飲まされたようで酒臭い。

「一人にしてごめんよ、小春さん。いやあ、もう飲め飲めってしつこくてさ。振り払うのに苦労したよ」

それでもふらふらになるほど酔っ払ってはいないようだ。

「それじゃあ離れに戻ろうか」

「あ、はい」

すっかり眠り込んだ麦を抱え、二人で離れに戻った。

「小春さん、一人で大丈夫だったかい？　酔っ払いに絡まれなかったか心配で」

「ええと、実は……」

私はお茶を淹《い》れながら、宴席で出会った瑰と皐月姫のことを玄湖に話した。

「皐月姫？　ああ、あの鬼の一族のお嬢さんか」

「あの……以前、彼女の身内に求婚なさったのですか？」

玄湖はそれを聞いて目を白黒させた。

「きゅ、求婚って！　まあ、そうと言えばそうだけど、ただの見合いの申し込みだよ。それも、実際には見合いにもならなかったんだ」

「そ、それはどうしてですか？」

「見合いを申し込んだ相手が人妻だったからさ。見た目が若かったから、そのお宅の未婚のお嬢さんだと思い込んでしまったんだ。でも瑰って鬼の新妻だったんだ。それで瑰さんをひどく怒らせてしまってね。謝罪をして、勘違いだったってことで矛《ほこ》を収めてもらったんだよ」

あの瑰という鬼は妻帯者なのか。しかし同行しているのは皐月姫だけで、奥さんらしき女性は連れていないようだった。

「じゃあ……もしその時に、皐月姫にも声をかけて、彼女がお見合いを了承していたら……玄湖さんは皐月姫と結婚したんですか？」

私がそう言うと、玄湖は飲みかけていたお茶をブハッと噴き出した。

「そ、そんなわけないだろう！」

玄湖にしては珍しく大きな声を出す。

それがかえってムキになっているように思えてしまった。

「だって、皐月姫は玄湖さんを憎からず思って……いえ、玄湖さんのことが好きなんだと思います」

「何を言っているんだ。そんなの子供の戯言《ざれごと》だよ。本気じゃないって」

「そんな、子供だなんて……」

彼女は私とそう変わらぬ年に見えたのに。

「それに私にはもう小春さんがいるんだから、他の相手なんて考えられないよ」

ね、と優しい声で玄湖は言い、私の髪を撫でる。

「玄湖さん……」

しかし妖《あやかし》は妖《あやかし》同士で結婚するべきだと言っていた皐月姫の言葉が脳裏を過《よぎ》る。どんなに玄湖から大切にされても、私が人間で、玄湖が妖《あやかし》なのは変えられない事実だ。

私は不安な気持ちをどうすることも出来ず、すやすや眠る麦をぎゅうっと抱きしめた。

四章

次の日の朝、小狐に呼ばれ、昨晩の宴席と同じ座敷に案内された。

「玄湖様ぁ、お隣失礼しまーす！」

私たちが席につくと、自分の膳を抱えた皐月姫は当然のように玄湖の隣に移動してきた。私が止める間もない。

瑰は離れた席で苦虫を噛み潰したような顔をしているだけで、昨晩のように皐月姫を止めたりはしなかった。

「んん、おはようさん……朝から元気だねえ……」

玄湖は起きたばかりで、目がほとんど開いていない。しょぼしょぼと目を擦った。

基本的に玄湖の寝起きは悪い。今朝も小狐が呼びに来てもなかなか起きず、私が無理矢理に引っ張って連れてきたのだ。

「まあ、玄湖様、御髪《おぐし》が乱れておりますわ」

寝ぼけた玄湖の寝癖頭を見て、皐月姫はおもむろに櫛《くし》を取り出す。

「あっ……！」

それは私の仕事だ。しかし今朝は玄湖をここまで連れてくるのに必死で髪を梳《と》かす時間がなかったのだ。玄湖の髪を梳《と》かすのは私にとって大切な時間だった。だというのに、寝ぼけている玄湖は皐月姫にされるがままである。

「も、もう、玄湖さん！　しゃんとしてください！」

「んー。起きてるよ……」

嘘である。玄湖の瞼《まぶた》は半分以上閉じているのだから。

「きゅふん……」

麦は呆れた声を出し、我関せずと食べ始めた。

「まあ人間って怖ーい。やっぱり、妖《あやかし》は妖《あやかし》同士の方がいいですよねぇ、玄湖様」

皐月姫は体を玄湖にぐいっと押し付ける。

「眠いのでしたらアタシが食べさせてあげます。はい、あーん」

「いやいや、それくらい自分でするよ。ん……おや、小春さんじゃない！」

ようやく目を覚ました玄湖は、横にいる皐月姫に気が付いたようだ。

「はぁい。アタシは皐月姫と申します。玄湖様の本当の花嫁ですわ」

そう言いながら玄湖にしなだれかかろうとして、サッと躱《かわ》される。

「んもう！」

「まったく、変な遊びが流行《はや》っているのかね。ほら、遊んでないで食べなさい」

玄湖は皐月姫を軽くあしらって朝餉《あさげ》を食べ始めた。

「小春さんも、ぼんやりしていると麦にご飯を食べられてしまうよ」

「あ、はい……」

自分の分を食べ終わった麦が、箸《はし》の進まない私の膳を狙って涎《よだれ》を垂らしている。

「仕方ないわね。ちょこっと分けてあげる」

少し取り分けて麦の前に置いた。

「きゅん！」

麦は蛇《へび》の尻尾《しっぽ》を振り回す勢いで喜んでいる。その仕草に私は微笑み、自分の食事に箸《はし》を付けた。

「小春さん、食べ終わったらどうしようか。部屋に戻ってのんびりするかい？　それともこの近くをブラブラ散歩でもするか」

「お散歩したいです。玄湖さん、洋館があるって言っていたでしょう」

「うん、じゃあ見に行こうか」

「楽しみですね」

洋館を見に行くよりも、知らない場所を玄湖と散歩できることが嬉しくて、私は微笑む。

「おーい玄湖っ！」

その時、バタバタと妖《あやかし》の男性がやって来た。昨日の宴席で玄湖に話しかけていた妖《あやかし》だ。確か、司波という名前だったはずだ。

昨日は随分と酔っ払っていたが、さすがに酔いは覚めているようだ。

「昨日は悪かったな。でさぁ……ちょっと手を貸してほしいことがあってさ。朝飯を食い終わったら来てくれないか？」

昨日とは裏腹に、司波は腰を低くして玄湖に頼み事をしている。

「ええ、私にかい？　篠崎さんに頼みなよ。私は大事な花嫁さんと旅行に来てるんだから」

「玄湖にしか頼めないんだ！　頼むよぉ！　うんと言うまで離さないからな！」

彼は玄湖の腕をがっしりと掴んだ。

「そんなこと言われたって……」

「少しだけ！　小一時間でいいんだよ！　友人だろ？」

「あ、あの……」

腕を引っ張られて困った顔をしている玄湖に私は言った。

「少しって言ってますし、行ってきてください、玄湖さん」

「でも小春さんを一人で放っておくわけには……」

「少しくらい大丈夫です。麦もいるもの」

「いやあさすが玄湖の花嫁さんだ！　優しいねえ」

「小春さんが優しいのは事実だけどさ……」

玄湖はぶつぶつ呟いている。

「分かった、行くよ。でも変な用事だったらすぐ帰るからね！」

「ああ、助かるよ！　朝飯が終わったら俺の部屋に来てくれ」

司波は、機嫌よく戻っていった。

「本当、困ったやつだなぁ。ごめんね小春さん。食事の後、少しだけ顔を出してくるよ」

「はい」

私が頷くと、目を光らせた皐月姫が玄湖に張り付いた。

「ねーえ玄湖様ぁ、アタシも一緒に行きたいです。アタシ、きっとお役に立ってみせますわ」

皐月姫は色っぽく身をくねらせる。しかし玄湖は表情を変えずに言った。

「まったく、子供が何を言っているんだい。ダメに決まっているだろう」

私はそれを聞いて安心した。玄湖は本当に皐月姫になんの感情もないようだ。

皐月姫の方は玄湖に断られ、紅色《べにいろ》に塗った唇を尖らせている。

ふと見ると、皐月姫は朝食の膳にほとんど手を付けていない。

「皐月姫さん、食べないの？」

「アタシ、これ嫌いなんだもの。こっちのも嫌いよ！」

皐月姫は膨れっ面《つら》で幼子《おさなご》のように皿の中を箸《はし》でぐちゃぐちゃに掻き回す。私はそれを見て眉を寄せた。

「そんなことしてはいけないわ！　お行儀が悪いだけじゃなく、食事を作ってくれた人に失礼よ」

つい南天や檜扇を叱る時のようにしてしまった。

私の言葉に皐月姫は目を丸くした。そんな顔をすると、ますます幼く見える。大人びて見えるだけで、もしかしたら私より年下なのだろうか。

「アンタ……母様みたい」

「ご、ごめんなさい……」

「……ううん。アタシもごめんなさい。母様もよく、そうやって叱ってくれたのを思い出しちゃった。でもアタシ、こんなに食べられない。その小さいのに食べてもらいたいんだけど、いいかしら」

小さいの、とは麦のことのようだ。麦は料理を分けてもらえると知り、目を輝かせた。

「麦、食べられる？」

「きゅんっ！」

「麦っていうんだ。よろしくねー」

「私も少し多かったから、小狐に頼んで次から量を減らしてもらいましょうか」

「あ、そうすればよかったんだ。昨日も、アタシが食べられるの、あんまりなくて。ほとんど瑰に食べてもらったもん」

「そうだったのね」

皐月姫はニコッと屈託のない笑みを浮かべた。話してみると、案外悪い子ではないようだ。

私はさっそく小狐を呼び止め、食事の量について次から少し減らしてもらうようお願いする。

「――はい。かしこまりました」

「アタシは今の半分くらいでいい。それでも多いかなぁ。あと辛いのとしょっぱいのも嫌。固いのもダメ」

「皐月姫さんって随分少食なのね」

彼女が食べられるのは、まるで小さな子供くらいの量だ。そして偏食家でもあるらしい。

「まあね。でも、家でもいつもこれくらいだったし、アタシ、噛んでると疲れちゃうんだもの。ねぇ、次もまた一緒に食べていい？」

その言葉に私は驚いた。さんざん喧嘩を売るようなことを言っていたが、本人に悪気はないのかもしれない。きっと、思ったことをそのまま口に出しているのだろう。とても素直過ぎる性格のようだ。

「わ、私は構わないけど……でも瑰さんがいいって言ったらね」

「平気だよ。瑰はアタシに甘いもん。それで、減らしてもらってもまだ多かったら、また麦に食べてもらおうかな。麦、いいでしょ？」

「きゅうーん！」

麦は任せとけと言うように高らかに鳴いた。

朝食が終わり、玄湖と離れの部屋に戻った。

「じゃあ司波さんのところに行ってくるよ。困っている友人を助けるのが嫌ってわけじゃないんだけど、せっかく小春さんとゆっくり過ごすつもりだったのに」

「友人付き合いが大事なのは分かっていますから」

玄湖が私と一緒にいたいと思ってくれるのは嬉しい。本音を言えば、私だって玄湖と一緒に過ごしたい気持ちは同じだ。

「でもね、小春さんと出会う前の私だったら、友人に助けを求められても、やりたくないことは断っていたはずだよ。小春さんがいつも一生懸命でとっても働き者だから、私も触発されてしまったんだ」

「そ、そう言ってもらえると嬉しいです」

「なるべく早く戻るからね」

「はい。あの、でも行く前に少しだけ……いいですか？」

私は玄湖を座らせた。もう寝癖はなかったけれど、いつもの朝と同じように玄湖の髪を整える。それが、二人の大切な時間であると再確認するために。次に玄湖の尻尾《しっぽ》も梳《す》く。五本もあってふさふさで立派な尻尾《しっぽ》である。狐の妖《あやかし》にとって力の源《みなもと》である尻尾《しっぽ》は大切なものだ。友人の前でもきちんとしておくに越したことはない。いつもより手早く済ませたが、満足のいく毛艶《けづや》になった。

「出来ましたよ」

「ありがとう、小春さん。じゃあ何か困ったことがあったら小狐を頼るんだよ。散歩に出てもいいけど川には近付かないこと。それから崖が多いから気を付けて。気配を探って危険な感じがしたら、すぐに助けに行くからね」

「はい、いってらっしゃい」

「きゅー！」

玄湖は行ってしまい、私と麦は離れの部屋に残される。部屋でのんびり過ごしていたが、すぐに退屈になってしまった。

「……ちょっと、暇ねぇ」

「きゅふん」

窓の外は絶景だったが、しばらく眺めていればいくらなんでも飽きてくる。

そもそも私はじっとしているのが苦手だった。いっそ掃除でもしようかと思ったが、離れの客室はどこもかしこも埃《ほこり》一つなく磨《みが》かれている。母家《おもや》にも家事をする小狐がたくさんいて、手伝うこともなさそうだ。

「そもそも私たちはお客さんだもの。掃除の手伝いをするなんて失礼になっちゃうわよね。でも、お客さんって何をすればいいのかしらね」

「きゅーん？」

麦は首を捻《ひね》った。日がな一日昼寝をし、たまに鞠《まり》なんかで一人遊びをして、後はお腹いっぱいご飯を食べる日々を送っている麦にはピンとこないのかもしれない。

「ねえ、麦。外に散歩に行かない？」

「きゅんっ！」

麦は喜んで立ち上がった。蛇《へび》の尻尾《しっぽ》もご機嫌にうねっている。

玄湖も散歩に出ていいと言っていた。上も下も断崖絶壁で行けるところは多くなさそうだが、山に獣はいないそうだし、危険な川にだけ気を付ければいいだろう。

そんなことを考えながら離れから出ると、出入り口のすぐ目の前に皐月姫がぺったりと座り込んでいた。

私はギョッとしてその場で足を止める。

「さ、皐月姫さん……ど、どうしたの？」

座っていることに驚いただけではない。皐月姫が座っているのは柔らかな芝生でも平らで座りやすそうな岩の上でもなく、舗装すらされていない砂利道の上だったのだ。

どうしてこんな場所に座っているのだろう。

着物が汚れることも、裾《すそ》から艶《なまめ》かしいふくらはぎが見えていることも、まったく気にする様子がない。

「あっ、やっと出てきた！　ねえ、出かけるんでしょう？」

皐月姫は私を見て目を輝かせる。飛び付くように立ち上がった。

「ええ、散歩に行こうと思って。皐月姫さん、お尻に砂がついちゃっているわよ」

何もない地べたに直接座り込んでいたのだから、砂がつくのも当然だとはいえ、立ち上がっても払う様子はない。

「ん」

それどころか皐月姫は、私に払えとばかりに後ろを向いた。まるで幼い子供みたいだ。もしくは身の回りの一切合切を人にやってもらうお嬢様といったところか。

私は苦笑して皐月姫のお尻の砂を払ってあげた。

「はい、いいわよ。それで、何か御用かしら？」

「ううん。そうじゃないけど……ねえ、アタシも一緒に行っていい？　この隠れ里、暇なんだもん」

皐月姫は何か用があるというわけではないようだ。

「別に構わないけど……」

「やったぁ！」

私が了承すると、彼女は嬉しそうに飛び跳ねた。妖艶《ようえん》な姿に似合わない、子供っぽい仕草である。

「あ、でも別に馴れ合うとかじゃないんだから！　玄湖様の話が聞きたくて……えっと」

皐月姫は強気な顔から一転、手をモジモジさせた。

「あ、あのね……ごめんなさい。もう一回、名前、教えてください……」

「私の？」

「うん……忘れちゃった」

えへへ、と皐月姫は恥ずかしそうに笑った。

「小春よ。よろしくね、皐月姫さん」

「小春ね、覚えたわ！　ねえ、小春、アタシのことも皐月姫って呼ぶこと、許してあげる」

なんというか、邪気がない。私は呆気に取られた。

「ねえ、散歩でしょ！　早く行こうっ！」

皐月姫は嬉しそうに私をせっついた。

馴れ合わないと言いつつ、完全に馴れ合っているように私は感じるのだが、それほど暇だったということなのだろうか。

「もしかして、私たちが出てくるのをずっと待っていたの？」

そう聞くと、皐月姫はコックリと頷いた。長い艶《つや》のある黒髪がサラッと揺れる。

どれほど待っていたのだろう。扉を開けた時の目の輝きからして、相当長いこと待っていたのではないだろうか。

「そういう時は、扉を叩いて構わないわ」

「扉を叩く……壊しちゃダメなのよね。どれくらいの強さで叩けばいいの？」

皐月姫は真顔で首を傾げた。冗談ではなく、本気で言っているのだ。

「えっと……コンコンって、軽く音がするくらいでいいのよ。部屋にいなくて出られない時もあるかもしれないけれど、部屋にいたら返事をするから」

「へーそれでいいんだ！」

皐月姫は目をまん丸にした。妖《あやかし》だから人間と常識が違うのか、それとも相当な世間知らずなのかもしれない。

初対面で感じていた怖い気持ちがだんだん薄れていく。いや、もうとっくに怖くなくなっていた。お燦狐に似ているなんて、一晩経った今は、まったく思わない。

「分かった。明日からそうするわ。ね、早く行こう！」

えへへ、と屈託なく笑うその表情を見ていると、なんだかとても懐《なつ》かしく感じる。

――ねえ、小春ちゃん、カフェーに行かない？　それから、新しいリボンを見に行くのはどう？　後ね、あの店で舶来物《はくらい》の白粉を売っているんだって。ね、見に行こうよ！

皐月姫の弾けるような笑顔に女学校時代の先輩を思い出した。私を可愛がってくれて、何度も遊びに行こうと誘ってくれた、紫《ゆかり》先輩。

紫先輩も、皐月姫のような真っ直ぐで綺麗な黒髪をしていた。

（……なんだか懐《なつ》かしくなっちゃった）

皐月姫はくるりくるりと、踊るような足取りで歩いている。そのたびに帯留めの鈴が澄んだ音を立てた。なんでもないただの散歩がこの上なく楽しそうだ。その足元で麦もぴょこぴょこ飛び跳ねている。蛇《へび》の尻尾《しっぽ》もぷるんぷるんと弾んでいた。

「ねー、小春はどうして玄湖様と結婚したの？」

「ええと……そういうご縁があったというか……」

しかし皐月姫は私の着物の袖《そで》をがっしりと掴んで言った。

「ご縁があったじゃ分かんないわよ。アタシはどうやって知り合って結婚したのが知りたいの！　だって小春はただの人間なのに、妖《あやかし》の玄湖様と結婚するのはおかしいじゃない。教えるまで袖《そで》を離さないんだから！」

皐月姫の剣幕に、私は仕方なく玄湖との出会いやお燦狐との件を話して聞かせた。

話していくうちに皐月姫の顔がだんだん曇り、とうとう唇を尖らせる。

「でも、アタシの方が先に玄湖様のこと好きになったんだもん……」

好きになった順番は関係ないと切り捨てることも出来たが、私は皐月姫のことが気になっていた。

姿は妖艶《ようえん》な美女だが、無邪気なせいか、時折妙に子供っぽく見える。それもあって、だんだん可愛く思えてきたのだ。ただちょっぴり我儘《わがまま》ではあるけれど。

「皐月姫はどうして玄湖さんを好きになったの？」

そう尋ねると、皐月姫は足を止めた。遠くを見つめるような目をする。

「……寝てたら玄湖様の声が聞こえたの『どうしても結婚してほしいんだ。だから見合いをしてくれないか』って。アタシにじゃなかったけど……。でも、すっごく優しい声だった。きっとアタシの運命の人なんだって思った。なのに……もう結婚しちゃったって、昨日聞いたの。あとちょっと待っていてくれたら、アタシが結婚してあげたのに！」

皐月姫はムスッとしていたが、長い黒髪を掻き上げて微笑む。

「でもさ、アタシって美人でしょ。妖《あやかし》では一番美人だって瑰がいつも言ってるもん。玄湖様は、今は小春と結婚してるけど、きっとアタシのこと好きになってくれると思う。そしたらアタシと結婚してくれるはずよ」

なんとまあ、喜怒哀楽が秋の空より変わりやすいことだ。

確かに皐月姫は私から見ても美人である。目尻と唇に差した紅も色っぽいし、長い黒髪は艶《つや》やかだ。その見た目と裏腹に無邪気なところも魅力的だろう。

しかし、だからといってそれはない。私はため息まじりに言った。

「玄湖さんはそんな人じゃありません。確かに玄湖さんは優しい方です。だからこそ、私より皐月姫の方が綺麗だからという理由で私を捨てるような人じゃないですよ」

皐月姫は子供みたいにプクッと頬を膨らませる。

「そんなことないっ！　きっとアタシの方がいいって言ってくれるわ！」

「いいえ、私と玄湖さんは、ちゃ、ちゃんと想い合っていますからっ！」

言いながら、頬がカーッと熱くなるのを感じた。しかし、どんなに恥ずかしくとも、この気持ちに偽りはない。玄湖の花嫁として胸を張らなくては。

するとと皐月姫は目を細め、両腕を組んだ。

「ふーん、想い合うって、好きってことでしょ？　でもそれ、本当に好きなの？」

ずいっと皐月姫は私に顔を寄せてくる。

その妙な迫力に、思わず腰が引けてしまう。

「何を……」

「小春ってさ、その襲ってきたお燦狐って妖《あやかし》が怖かったんでしょ？　怖いって心臓がドキドキするよね。そのドキドキを玄湖様への恋のドキドキと勘違いしただけじゃないの？」

皐月姫の思いがけない言葉に私は目を丸くした。

「そんなはずありません」

「それに玄湖様は優しいから、一人になっちゃった小春を放っておくことが出来なかっただけじゃない？」

その言葉はチクリどころではなく、刃物のように私の胸に突き刺さった。

「そ……そんなこと……」

私が言葉を途切れさせたところで、麦が皐月姫に食ってかかった。ぎゃうぎゃうと吠えている。その激しい鳴き声は皐月姫に猛抗議しているようだった。

「なんで麦がそんなに怒るのよ」

麦の剣幕に皐月姫はきょとんとしている。

「だ、だってさぁ、玄湖様は立派な妖《あやかし》だけど、小春はただの人間でしょう。寿命だって違うし、妖術も出来ないじゃない。全然釣り合ってないのに結婚するなんて、小春はおかしいって思わないの？」

「お、おかしくなんて……」

ない、とは言い切れなかった。玄湖は既に数百年生きている。私は健康でもあと数十年程度。人と妖《あやかし》では寿命が大きく異なるのは確かなのだ。

——人間の私と妖《あやかし》の玄湖とでは、全然釣り合わない。

それは、心にずっと引っ掛かっていたけれど、あえて直視しないようにしてきたことだった。

「ほら、言い返せないじゃない。人間と妖《あやかし》で結婚するなんて、アタシはおかしいって思うもの」

皐月姫はそう言った。意地悪ではなく、彼女は心の底からそう思っているようだ。

「……それは、私と玄湖さんが決めることです。貴方に言われることではないわ」

私はぐらつく気持ちを押し込めて、やっとのことでそう言った。

「ここまで言ってもダメなの？」

「そうよ。私は玄湖さんが好きなんだもの」

「ふうん、そんなに玄湖様が好きなんだぁ」

皐月姫はそんな私の内面を見透かすように、赤い瞳でじっと見つめてくる。

「ねえ、小春。そんなに言うなら試してみない？」

「何を？」

皐月姫はもったいぶった様子ですぐには答えず、紅色《べにいろ》に塗られた唇の両端を吊り上げて笑う。

「あっちに吊り橋あるの知ってる？」

「え、ええ。隣の山に行くための——」

「そう。うんと高くて怖いの。渡ったらきっと、小春も怖くてドキドキするから」

行こう、と皐月姫は私の手を引っ張った。長い紅色《べにいろ》の爪が私の手首にギリッと食い込み、手首が痛む。

「ちょ、ちょっと……痛いから離して」

「え、これくらいで？ 人間って弱過ぎ。嫌になっちゃう」

皐月姫は私から手を離した。口ではそんなことを言うが、私を傷付けるつもりはないようだ。

私はズキズキ痛む手首を摩《さす》った。少し赤いが、傷にはなっていない。

「きゅうん……」

「大丈夫よ」

心配そうに見上げてくる麦に微笑んだ。

少し歩くと、吊り橋が見えてきた。こちらと隣の山を繋いでいるというだけあって、随分距離がある。風が吹くたび、ゆらゆらと頼りなく揺れていた。

「ここだよ。アタシと瑰はこの橋を渡ったところに泊まってるの」

「確か、この先には洋館があるのよね」

「そうよ。瑰は洋館とか洋風なものが好きじゃないんだけど、昨日はお客さんが多かったでしょう。こっちのお部屋が埋まっちゃったって小狐が言ってた。——母様、洋風なの好きだったから……いたら喜んだだろうなあ……」

皐月姫の最後の一言は独り言めいていた。

「皐月姫、貴方のお母さんって……」

何気なく問いかけた言葉に、皐月姫はハッとした様子で顔を背《そむ》けた。

「やめて。母様の話は今したくないの！」

皐月姫は今までになく、大きな声で私の言葉を遮《さえぎ》った。

赤い瞳が燃えるように揺らいでいる。母親の話は彼女にとって踏み込まれたくない領域のようだ。

「……ごめんなさい」

私が謝ると、皐月姫は気まずそうに己の髪を指に巻きつけて弄《いじ》った。

「ア、アタシも口が滑っちゃったし」

ばつが悪いのだろう。目を逸らしている。

「あー、えっと、ほら、吊り橋渡るんでしょ。揺れるから怖いよー！」

皐月姫はすぐに笑顔を取り戻し、吊り橋に手をかけた。

吊り橋は手すりを掴むだけでギイッと軋《きし》んだ音を立てて揺れた。古くもないし、あの大柄な魂も渡れたのなら、かなり頑丈に作られていることは間違いない。しかし下を見れば血の気が引くような深い峡谷《きょうこく》になっている。

「確かに……これは怖いわね」

「でしょー。アタシも一回目はちょっと泣きそうになった」

「きゅーん？」

「違うってば！」

おそらく麦が『本当は泣いたんじゃない？』というようなことを言ったのだろう。

皐月姫はムキになって怒っている。

「麦は小さいから、隙間から落ちたら大変だもの。手前で待っていてね」

「きゅん！」

麦を待たせ、私は意を決して吊り橋へ足を踏み出す。ギシッと嫌な音がした。

「小春、怖いでしょ。アタシが手を繋いであげる」

皐月姫は私の手を握る。

「おっと、その前に」

皐月姫は口の中でむにゃむにゃと何か呟き、自分の頬をこねくり回した。

何をしているのだろう。そう思った瞬間、ボン、と音がして薄く煙が上がり、目の前にいた皐月姫の姿が変化した。

「ん、よし。変わったよね？　これでどう？」

私はその姿に目を見開く。

皐月姫がすらっとした男性の姿に変わっていたからだ。黒い艶《つや》やかな髪や赤い瞳は変わらないが、身長が高くなり目線が上がっている。声も少し低い。美女がそのまま、見目麗《うるわ》しい若者になっていた。

「そ、その姿……」

「変化《へんげ》の術だけど？　あっ、そうか、人間には出来ないんだっけ」

皐月姫は私に顔を近付けて、フフンと笑った。口紅はないが、目尻に差した紅はそのままだ。それが歌舞伎の二枚目役者のような色気を感じさせた。

「どう？　ちょっと瑰に似せてみたけど、多分アタシが男だったらこんな姿になると思うんだ。なかなか格好いいと思わない？」

外見は変わっても中身は相変わらずのようだ。

玄湖が髪色を変えた時は、私の目にはいつもと同じ姿に見えるのだが、皐月姫の姿は違って見える。同じ変化《へんげ》の術といっても狐と鬼では違うのかもしれない。

「えへへ、いつもより大きいのも楽しいなぁ。たまにはこの姿もいいかも」

「変身してどうするの？」

「だって、この姿、格好いいでしょう」

確かに女学校時代、こんな人が前を横切ったら目が釘付けになっただろうとは思う。しかしそれだけだった。

「ほらほら、渡ろうよ」

そう言って、皐月姫は私の手をしっかり握り直した。手の大きさも完全に男の人のもので感心する。皐月姫は私が何を試そうとしているのか、さっぱり分からない。私は諦めて、皐月姫と一緒に吊り橋を渡った。

吊り橋を向こう側まで渡って、そのまますぐに引き返す。手前で待っていた麦と合流した時は、さすがにホッとした。

「どう？　ね、アタシにドキドキしたでしょ？」

「どういうこと？」

歩くたびにギシギシ鳴る吊り橋は怖かったけれど、皐月姫と分かっている男性にドキドキするはずもない。

「この吊り橋を渡ったら、小春は怖くてドキドキするでしょ。つまりそれってさ、本当はお燦狐が怖くてドキドキしたのを、玄湖様に恋してドキドキしてるって勘違いしたってこと。小春の玄湖様への気持ちが勘違いって分かったら、大人しく身を引いてくれるよね。そうしたら、アタシが玄湖様の花嫁になってあげるの！」

皐月姫は期待に頬を紅潮させている。

素敵な男性の姿だが仕草や言葉遣いは変わらないままなので、なんだか可笑《おか》しくなってしまう。

「いいえ、吊り橋は怖いけれど、皐月姫のその姿にドキドキはしないわ。私は玄湖さんが好き。この気持ちは勘違いじゃないもの」

「もうっ！　なんでよ！」

皐月姫はキッと目尻を吊り上げ、一瞬で妖艶《ようえん》な美女の姿に戻る。

「じゃ、次の作戦よ！」

「まだやる気なの？」

私は息を吐いた。

「当たり前でしょ！　小春の気持ちなんて絶対偽物なんだから。玄湖様のことが本当は好きじゃないって分かるまで――」

さすがにその発言は看過《かんか》出来るものではなかった。

「皐月姫、もうやめましょう」

また振り回される前に、私は皐月姫に否《いな》を突き付ける。

「悪いけど、これ以上は付き合えない。貴方に何をされても、私の玄湖さんを好きな気持ちは変わらないわ。この気持ちは私だけのものなのよ。それを貴方に偽物なんて言われたくはないし、それでも認められないと言うなら、もう貴方と遊ぶことは出来ない」

ほんの少しの間に、妖艶《ようえん》な姿とはかけ離れた、素直で表情豊かな彼女のことが好きになっていた。しかし、玄湖への気持ちを偽物だと決めつけられ、心の領分に踏み込まれるのは不愉快だ。

私はそんな気持ちを込めて、皐月姫にはっきりと告げた。

皐月姫は、そんな風に拒絶されるとは思っていなかったのか、大きく目を見開いた後、くしゃっと顔を歪《ゆが》める。

「ど、どうしてそんなこと言うのぉ……もうアタシのこと嫌いになった?」

「嫌いなわけじゃないのよ。これからは普通にお話をしたり、遊んだりしま――」

慌てて落ち着かせようとしたが、激しい勢いで遮《さえぎ》られる。

「アタシは玄湖様のことをずっと好きだったのっ! アタシの方が先に好きになったんだよ。アタシから玄湖様を奪ったくせに、どうしてそんな意地悪言うのぉっ!」

皐月姫は地団駄《じだんだ》を踏む。帯留めの鈴がチリリリ、チリリリとやかましく音を立てた。

「小春なんて、後から玄湖様を好きになったくせにいっ！　ズルいっ！」

「ズ……ズルなんてしてないわっ！」

「いいえっ、絶対ズルしたんだ！」

皐月姫の剣幕に、麦が慌てた様子で駆け寄った。

「きゅ、きゅわっ！」

目を吊り上げて怒り狂う皐月姫との間に割って入るとムクムク膨れ上がり、皐月姫の前に立ち塞がる。

「麦、ありがとう」

麦は決して皐月姫に敵意を持った行動をしたわけではない。喧嘩はやめてほしいとそう思って割って入ってくれたのだろう。

しかし皐月姫は麦のその行動に、呆然と目を見開いた。

「む、麦まで……アタシに意地悪するんだ……」

「きゅっ⁉」

麦は違うとばかりに首をブンブン横に振る。

しかし、皐月姫は麦の弁明を聞こうとせず、ぎゅっと拳《こぶし》を握った。強く握った拳《こぶし》に血管が浮かび、ふるふると震え始める。

「ひどい……ひどいよぉ……みんなしてアタシをいじめる。仲間はずれにする！」

吊り上がった目に、みるみるうちに涙が溜まり、大粒の涙が頬を転がり落ちた。

「さ、皐月姫……落ち着いて」

決して泣かせたいわけではなかったのだ。

しかし、皐月姫はドンッと足を強く踏み鳴らす。途端、グラッと地面が激しく揺れた。まるで地震だ。彼女がドンッドンッと地団駄《じだんだ》を踏むたびに、立っていられないほど地面が揺れる。

「きゃあああっ」

私は立っていられずに地面に膝をつき、巨大化した麦の柔らかい体に掴まった。

「きゅううっ！」

激しい揺れに、麦のお餅のような柔らかい体がぶるんぶるんと揺れている。ここは崖に近い。このままでは麦ごと、崖から落ちてしまうかもしれない。

「な、泣かないで……」

「うるさーい！　小春なんて、小春なんて……嫌いだぁっ！」

わぁーんと声を上げて皐月姫は泣き出した。とめどなく流れる涙を皐月姫は袖《そで》でゴシゴシと擦る。唇や目尻に差していた紅が取れて、妖艶《ようえん》な見た目に比べて幼く見える顔立ちが現れた。と、思った次の瞬間——ボンッと音を立て、彼女の体が小さく縮んだではないか。

麦はその姿を見て、きゅわっと驚きの声を上げた。

皐月姫はせいぜい三歳かそこらといった幼い女の子の姿になっていた。ぎゅっと握る拳《こぶし》もちんまりとしているし、紅色《べにいろ》のツノも短い。

「バカバカッ、小春も麦も嫌いッ！」

「さ、皐月姫⁉」

私は驚いて名前を呼ぶ。皐月姫は驚いた顔で己の小さな手を掲《かか》げた。

「や、やだぁ……戻っちゃった……」

再びその大きな瞳に涙が滲《にじ》む。

「わぁあああーん！」

皐月姫はさっきよりも激しい勢いで泣き出した。

その姿は完全に癇癪《かんしゃく》を起こして泣き喚《わめ》く子供だった。泣き声が周囲に響き渡る。

「と、父様ぁあああ！　助けてぇええええ！」

父親を呼び、泣き喚《わめ》く皐月姫。どうしたら泣き止むだろうか。そう思った瞬間、再び地面が揺れた。しかし皐月姫はもう地団駄《じだんだ》を踏んでいない。訝《いぶか》しく思った時、またズシンと地面が揺れる。その揺れは徐々に大きくなっていった。

「きゅひぃーんっ！」

麦は元の大きさに戻り、ブルブルと震え始めた。

「麦、どうしたの？」

私は怯《おび》える麦を抱え上げる。

その時、不意に日が翳《かげ》ったように感じた。しかし、雲ではない。隠れ里は相変わらず雲一つない晴天のままだ。何か大きなものが太陽の光を遮《さえぎ》ったのだ。それに気が付いた私は、上を向く。

「――俺の娘を泣かせたのは……お前か」

太陽の光を遮《さえぎ》るほど巨大な鬼が私のすぐ背後に迫っていた。思わずヒュッと息を呑む。

巨大な鬼――瑰は大きな体を更に巨大化させていた。私の体の倍以上ありそうだ。その体は真っ赤に染まり、筋肉がはち切れそうだった。丸太のように太い手足にはボコボコと血管が浮いている。額のツノも伸びて禍々《まがまが》しく感じた。瞳は血の色で、縦に細長い瞳孔が私を睨《にら》んでいた。その姿は、虎柄の腰巻を穿いていない以外、まさに昔話に出てくるような恐ろしい鬼だった。

「きゅううう……」

麦は私に縋《すが》り付き、涙目でブルブル震えている。いつもぷにぷにの柔らかい体がカチコチに硬直していた。

私も目の前の恐ろしい鬼の姿に全身の血の気が引く。

瑰の手のひらは私の胴体を軽く掴めそうなほど大きく、そして凶悪な長い爪をしている。あの爪は私の体を簡単に引き裂けるのだろう。それどころか軽く叩かれただけでも死んでしまいそうだ。

「おい……聞いているのかっ！」

「ひっ……」

悲鳴すら出せなかった。

後退りしても焼け石に水。瑰は私に向かって手を伸ばした。大きな手のひら、長く鋭い爪――逃げることは不可能だ。私は本能でそう悟った。

私は麦をぎゅっと抱きしめ、目を閉じた。

「――小春さんっ！　麦っ！」

次の瞬間、旋風《つむじかぜ》のように目の前に割って入った玄湖に抱えられ、私はふわっと宙を飛んでいた。

「えっ……きゃあっ！」

「小春さん、とりあえず逃げるよ！」

玄湖は私を横抱きにしたまま、数メートルの距離をぴょーん、ぴょーんと何度か跳び、瑰から離れた。

「……尾崎、貴様ッ！」

瑰が地響きを立てて追いかけてくる。

「小春さん、麦も怪我はないね？」

「は、はい」

「きゅー」

「司波さんを手伝っていたら変な感じがしたものだから、慌てて飛び出してきたんだ。間に合ってよかった……」

玄湖は珍しく真剣な顔をしていた。

「瑰の頭が冷えるまで逃げ回るよ。いくら五尾の私でも、鬼と真っ向勝負はなかなかきついんだ。しっかり掴まっていておくれ」

「は、はいっ！」

私を抱えたまま身軽に逃げ回る玄湖は、まるで壇《だん》ノ浦《うら》の八艘《はっそう》飛びをする義経《よしつね》のようだ。それと比べると、巨躯《きょく》で真っ直ぐに突進する瑰は猪《いのしし》、いや、暴走機関車の如《ごと》し。瑰は行く手を阻《はば》む岩や木を一切避けずに跳ね飛ばしながら、逃げる私たちに迫ってくる。

玄湖のおかげで、かなり距離は稼いだものの、追い付かれるのは時間の問題だ。

「……まったく、しつこいね」

さすがに疲れてきたらしい玄湖は息を荒くして大岩の上に降り立った。

「皐月姫、あんなに小さい子だったなんて。瑰さんと親子だったんですね。私が皐月姫を泣かせてしまったせいで、瑰さんを怒らせてしまって……」

「きゅー……きゅいっ！　きゅんっ！」

硬直から戻った麦が玄湖に何かを訴える。

「小春さん、麦は違うって言っているよ？」

どうやら麦は私を庇《かば》ってくれたらしい。

「ええと……皐月姫は玄湖さんのことが好きだから、私に身を引いてほしいみたいなのよ。それで私の気持ちを確かめるって振り回されたものだから、つい怒っちゃって……」

皐月姫の身長からして三歳前後くらいだろうか。私でも妙だと思うほど妖艶《ようえん》な姿に合わない幼い言動をしていた。男性の姿に変身してみせたように、今までの姿も術で変化《へんげ》していたのだ。

「そうか……ごめんよ。皐月姫が幼い子供だっていうのは、私には分かりきってい たことで、なんとも思っていなかったんだ。小春さんには狐の変化《へんげ》が効かないから、うっかりしていた。変化《へんげ》の術といっても狐と鬼じゃ系統が違うし、小春さんは見抜けなかったんだね」

玄湖は眉を下げてそう言った。玄湖は最初から気付いていたらしい。だから皐月姫に言い寄られても本気にしていなかったのか。

「い、いえ、私こそ大人げなく皐月姫を傷付けてしまって……」

「いーや、聞いたところ、小春さんは悪くないと思うな。子供の我儘《わがまま》を一から十まで全部聞いてあげる必要なんてないんだからさ」

話しているうちに、瑰がこちらへ真っ直ぐ突き進んで来るのが見えた。岩や桃の木を薙《な》ぎ倒し、土埃《つちぼこり》が舞っている。瞬《また》く間に追い付くだろう。

「く、玄湖さんっ、また！」

「大丈夫。小春さん、麦、目眩《めくらま》しをするから目を閉じて。私がいいと言うまで、しっかり瞑《つぶ》っておいておくれよ」

「えっ？　は、はいっ！」

「きゅーっ！」

私は言われた通り、目をぎゅっと瞑《つぶ》った。間髪《かんはつ》を容《い》れず、カアッと激しく光ったのが瞑《つぶ》った瞼《まぶた》を通して分かった。瞼《まぶた》越しですら目がチカチカするほどの眩《まぶ》しさだ。

「ぐあああああっ！」

すぐ近くまで迫っていた瑰の悲鳴が聞こえる。

「もう目を開けて大丈夫」

玄湖に言われて目を開けると、瑰が目を押さえて膝を突いていた。おそらく、目《め》眩《くらま》しの光を直視してしまったのだろう。

「く、そっ……！」

「瑰さん、その目はしばらく見えないよ。だから落ち着いて話をしようじゃないか。小春さんは皐月姫をいじめたわけじゃない。むしろこっちは皐月姫の我儘《わがまま》に振り回された方なんだ」

「なんだと……俺の娘が悪いと言うのか」

瑰が低く威圧感のある声で唸《うな》った。恐ろしいが、誤解は解いておきたい。

「あ、あの……皐月姫を泣かせるつもりはなかったんです。私が玄湖さんを好きな気持ちを偽物だと言われて怒ってしまって。まさかあんなに小さな子だったとは知らず、キツい言い方をしてしまったのは謝ります」

瑰は少し落ち着いたのか、肉体の大きさや肌の色が戻っていた。その足下にいつの間にか皐月姫がいて、小さな手で父親の服の裾《すそ》を握りしめている。

「皐月姫、ああ言っているが、本当なのか」

「……うん」

皐月姫の目にはまた涙が浮かんでいた。しかしさっきのように泣き喚《わめ》いてはいない。

「ごめんなさい……アタシ、小春と麦がもう遊んでくれないと思って……またアタシの前からいなくなっちゃうって、頭がカーッてなって……」

また、という言葉に私は内心で首を捻《ひね》るが、とりあえず皐月姫が泣き止んでくれて安堵する。

「私と麦は、また皐月姫と遊びたいって思っているのよ」

「本当に……？」

皐月姫は縋《すが》るような目で私と麦を見た。

麦はきゅん、と鳴いて肯定を示している。私も微笑んでみせた。

「ええ。もちろん、皐月姫だけが楽しいことじゃなく、今度は私や麦も一緒に楽しめる遊びをしましょう、ね？」

皐月姫は大きな目をまん丸に見開いて、それからコクンと頷く。

私は最初、皐月姫が怖かった。しかし、それはお燦狐の面影《おもかげ》と重ねて、勝手に怯《おび》えていたからだ。目の前にいる幼い皐月姫は、それはそれは可愛らしい。我儘《わがまま》や激しい癇癪《かんしゃく》も、幼さゆえの言動だと分かれば、もう皐月姫を怖いとは思わなかった。

「皐月姫は、幾つなの？」

「もうすぐ三歳」

確かに容姿はそのくらいに見えるので納得だ。むしろ、話し方などは三歳にしては達者過ぎるくらいだろう。

「やれやれ、これで一件落着ってことでいいね」

玄湖はふうと息を吐いた。

「尾崎、お前は二度も俺を怒らせた。……三度目はないからな」

瑰は目から手を離してそう言う。しかしまだ万全ではないのか、眉を寄せ、赤い目をシパシパさせている。

玄湖は私を抱えたまま大岩から降りる。ずっと抱きかかえられていた私も、ようやく地面に降りることが出来てホッとした。

「一度目って……玄湖さんが瑰さんの奥さんに、お見合いの話を持っていった時の話ですか？」

「そうだ。忘れもしない三年前のことだ。大事な妻にちょっかいをかけられて、そう簡単に許せるはずがないだろう」

瑰は苛立ちを隠さずそう言った。

それを聞いた玄湖は、普段の飄々《ひょうひょう》とした態度からは信じられないほど神妙な顔をして頭を下げた。

「瑰さん……三年前のことは本当に申し訳ない。もう一度謝罪するよ。当時は私も勘違いしておいて、随分失礼な態度を取ったと思う。あの時は、何故あれくらいのことでそんなに怒るのか、私には理解出来なかったんだ。でも小春さんという花嫁を迎えて、今は瑰さんの気持ちが分かるようになったつもりだ」

「ふん、口ばかりよく回る男だ」

瑰の方も多少は気が済んだのか、さっきより怒りが収まって見えた。

「私を許せないならそれで構わない。でも小春さんに辛く当たることはやめてほしい。皐月姫も小春さんに懐《なつ》いているし、ここにいる間だけでも遊ぶのを許してくれないかな」

瑰は不愉快そうに腕を組んだ。もう怒ってはいないように見えるが、簡単に許すと言えない人なのかもしれない。玄湖と瑰は気質も能力も正反対のようだ。

「あら、でも、三年前って皐月姫は？」

私は不思議に思って首を傾げる。

「確か、玄湖さんの声を聞いていたって言ったわよね。もうすぐ三歳ならまだ産まれていないいんじゃない」

「うん、そうだよ。アタシは母様のお腹の中で玄湖様の声を聞いていたの」

皐月姫はうっとりと、幼さの残る丸い頬を押さえた。

「お、お腹の中……」

予想外の答えに私は目を丸くする。妖《あやかし》は私の理解の範疇《はんちゅう》をあっさりと超えてくるのだ。

「尾崎……よくもこんな幼い娘まで誑《たぶら》かしてくれたな……」

瑰はぐるるると猛獣のような唸《うな》り声を上げる。

「いや、だから私のせいじゃないってば！　それに私には、もう小春さんっていう奥さんがいるんだから」

瑰に睨《にら》まれ、玄湖は慌てて話を変えようとする。

「それより、あの若い奥さんはどうしたんだい？　ここには来てないようだけど」

「……妻は出て行った」

玄湖の言葉に瑰はひどく重々しくそれだけ答えた。玄湖もさすがにばつが悪い顔をした。

「す、すまなかった。そんな事情とは知らなくて……」

だから皐月姫はたびたび母親を思い出している様子なのに、母親の話題を嫌がったのだろう。

「――ぐすん……母様ぁ……」

しかも今のやり取りで母親を思い出してしまったのか、皐月姫の大きな目にまた涙が浮かんでいる。瑰は大きな手のひらで不器用に皐月姫の頭を撫でた。

「娘を落ち着かせに戻る」

瑰はそう言うと皐月姫を抱き上げて、自分たちの泊まる屋敷へ戻って行く。目もまだ本調子ではないらしく、足取りは遅い。

「いやぁ、悪いことを聞いてしまったね……」

玄湖は珍しくしょんぼりしながら言う。五本の尻尾《しっぽ》がへろりと下がった。

「きゅうん！」

そうだとばかりに、麦が蛇《へび》の尻尾《しっぽ》でぺちっと叩く音がする。

父親の肩口に縋《すが》る皐月姫の小さな体が目に入る。きっと母親が出て行って寂しいのだろう。時折見せていた感情的な様子はそのせいだったのだ。

「皐月姫、また明日ね！」

私は遠ざかる皐月姫に声をかけた。返事はなかったけれど、わずかに振り返った皐月姫の顔は驚きの表情だけではなかった。涙を浮かべた赤い瞳がキラッと煌《きら》めいている。あの様子ならきっと大丈夫だ。

「いやあ、疲れたね」

玄湖がうーんと伸びをした。

「きゅー……」

麦もぐったりしている。

「でも本格的な争いにならなくてよかったよ。あの人と争うと、狐の一族と鬼の一族で戦争になりかねない」

「まあ……戦争にならなくてよかったです」

「とはいえ、もし小春さんが怪我をさせられていたら、私も怒りを抑えられなかったと思うよ。だから、大切な存在を守りたいって瑰さんの気持ちは分かるのさ」

気付けば日が傾きつつあった。

いつの間にやら、妖《あやかし》の隠れ里も日が暮れる時刻になっていたのだ。沈む夕日が、大岩や桃の木、そして川の水面《みなも》をゆっくりと橙色《だいだいいろ》に染めていく。

「それじゃ、戻ろうか」

「はい」

私は傍《かたわ》らの玄湖を見上げる。金色の瞳が夕焼けを映し、いつもより濃い色になっていた。

「玄湖さん、さっきは助けに来てくれてありがとうございました。すごく……嬉しかったです」

「どういたしまして」

蕩《とろ》けそうな微笑みを浮かべる玄湖に、私も笑い返した。

五章

隠れ里の朝はとても静かだった。すこぶる晴天で、窓を開けるとほんのりと桃の花の甘い香りが漂《ただよ》ってくる。

「小春さん、おはよう。相変わらず早いねえ」

「きゅう……んぅー！」

玄湖と麦も起き出して、伸びをしている。

「小春さん、尻尾《しっぽ》が絡んでしまってさ、助けてくれないか」

玄湖はそう言って背中を見せる。五本の尻尾《しっぽ》がくるくるに絡まり合っているではないか。私はそれを見てクスッと笑ってしまった。

「ひどいや。本当に困っているんだよぉ」

「はいはい、今直しますから。ついでに髪の毛と尻尾《しっぽ》も梳《と》かしましょうね」

場所が変わっても相変わらずの賑《にぎ》やかな一日の始まりだった。

玄湖の尻尾《しっぽ》の絡まりを解き、寝癖のついた髪を整え終えたところで、朝食の用意が出来たと小狐が呼びに来た。

私たちは揃って本邸の座敷に移動する。

「おはようございます、玄湖様っ！　お隣失礼しまーす！」

座敷に入ると、皐月姫が自分の膳を持って勢いよく玄湖の隣に座った。

ちまちまとした小さな手足、ふっくらした頬を紅潮させている。今朝は変化《へんげ》した妖《よう》艶《えん》な姿ではなく、本来の子供の姿をしていた。

皐月姫は私に向かってニッと微笑む。

「おはよう、小春、麦！」

「おはよう、皐月姫」

皐月姫はすっかり元気を取り戻した様子で、私はホッとした。麦も嬉しそうに蛇《へび》の尻尾《しっぽ》を揺らしている。

「今朝は変化《へんげ》をしていないのね」

皐月姫はコクンと頷く。

「アタシはまだ自分で変化《へんげ》出来ないの。昨日までは父様の血を貰って変化《へんげ》してたんだけど、怒らせちゃったから今朝は貰えなかったんだ」

皐月姫の膳には昨日小狐に頼んでいた通り、半分にも満たない量がちんまりと盛られていた。実年齢が三歳にも満たないのなら、少食なのも納得だ。

私は、離れたところに一人で座り黙々と食事をしている瑰をチラッと見た。

「お父さんはいいの？」

「うん。行っていいって言ったもん」

皐月姫は食べ始めたが、すぐに箸《はし》を止めた。

「ねえ小春、食べたら、今日は何して遊ぶ⁉」

赤い目がキラキラ輝いている。

「うーん、まずはあたりをお散歩して、隠れ里に何があるのか見てから考えるのはどうかしら」

「分かった。それでいーよ」

皐月姫はコクンと頷く。

そんな仕草は年相応で可愛らしい。思わず頬が緩んでしまう。

「あっ、玄湖様も遊びましょう。アタシ、玄湖様と一緒に過ごしたいなぁ」

皐月姫は頬を染めて玄湖に擦り寄る。玄湖は目を見開き、尻尾《しっぽ》を逆立てた。

「わ、私かい⁉」

「ダメですかぁ？　アタシ、玄湖様のこともっとたくさん知りたいなぁ。アタシのことも知ってほしいしぃ」

くねくねと身を捩《よじ》らせる皐月姫に、私は目を見開いた。

「ちょ、ちょっと、皐月姫……っ！」

「小春が玄湖様のこと好きな気持ちは認めてあげる。でもアタシが玄湖様のこと諦めるなんて言ってないもーん」

そう言ってペロッと舌を出した。まったく、皐月姫は相変わらずだ。

私は思わず出そうになったため息を、味噌汁ごと呑み込んだ。


食事を終えて、私たちは一旦離れに戻った。麦はまた食べ過ぎてしまい、隣の部屋で二度寝をしている。

開けたままだった窓から桃の花弁《はなびら》が入り込んで、畳《たたみ》にちらほらと落ちている。風が吹き込むたびに、窓の外にある桃の木から花弁《はなびら》が入ってくるのだ。

「おや、花弁《はなびら》が」

「玄湖さん、見てて」

一枚、ヒラッと飛んできた花弁《はなびら》を、私は床に落ちる前に手のひらで受け止めてみせた。

「お、上手だねえ」

玄湖も私と同じく桃の花弁《はなびら》を捕まえようとする。しかし風が悪戯《いたずら》するように桃の花《はな》弁《びら》を舞い踊らせ、花弁《はなびら》は玄湖の手から離れていった。

私はクスッと笑い、窓から入ってくる心地いい風に身を任せる。

「小春さん、髪の毛に花弁《はなびら》がついてるよ。取ってあげるからじっとして」

玄湖の手が伸びて、サラッと私の髪を掻き上げた。

「ありがとうございます……」

そのまま髪を撫でられて、頬が赤くなるのを感じた。

「そうだ。朝のお返しに髪の毛を結んであげるよ。小春さん、後ろを向いて」

玄湖の器用な指が私の髪をすいと結んでいく。

「皐月姫と遊ぶ約束をしちゃったけど、どうせなら、このままのーんびり小春さんと過ごしたいんだけどなぁ」

玄湖は髪を結びながらそうぼやいた。

「嫌でしたか？」

「うーん嫌っていうんじゃないよ。でもせっかく二人きりになれる機会だし……」

玄湖は複雑そうにそう言った。

「小春さんは子供に好かれるんだろうね。南天や檜扇も懐《なつ》いているし。小春さんって優しい雰囲気があるもんね。私もそういうところが好きだけどさ、焼き餅焼いちゃうなぁ」

髪を結び終わった玄湖は、冗談めかしてそう言った。私の背中から腕を回して抱きしめてくる。背中に玄湖の体温が伝わり、鼓動が速くなった。

「あ、あの……私も玄湖さんと二人きりで過ごしたい気持ちもあるんです。それに、皐月姫と遊ぶのはずっとじゃないでしょうし……」

「そうだね。後で時間を取って――」

その時、扉をドンドンと強く叩く音がしてギョッとした。

「小春、麦、遊びに行こうっ！」

皐月姫の声が離れの中に響き渡る。

「おや、もう来ちゃったみたいだね」

玄湖は名残惜《なごり》しそうに私から体を離した。

「それじゃあ、ちょっと行ってきますね。玄湖さんはどうしますか？」

「私かい……あ、しまった。篠崎さんに屋敷の手入れの件で話があるって言われていたのを忘れていたよ。叱られる前に顔を出しておかなきゃ」

「分かりました。麦はどうする？」

皐月姫の声で目を覚ました麦がノソノソとやってくる。

「んきゅ……」

麦は私と一緒に来るようだ。

扉を開けるとご機嫌な皐月姫が飛び込んでくる。

「玄湖様も行きましょうっ！」

皐月姫は勢いよく玄湖に飛び付こうとしたが、ヒラリと躱《かわ》された。

「い、いや、私は篠崎さんと大事な話があるから遠慮しておくよ」

「えーっ、アタシより話の方がいいんですかぁ⁉」

「ええと……」

玄湖は困り顔だ。幼い子供だから、あまり冷たくしたら泣かせてしまうかもしれない。昨日の今日で泣かせてしまったら、瑰の怒りがどうなるか分からない。

「大人の大事な話なんだ。小春さんたちは構わず外で遊んでおいで」

玄湖はそう言うと、皐月姫から逃げるように離れを出ていった。

「ふぅん、大人の話なら仕方ないか」

皐月姫にとって大人の話は退屈なだけなのだろう。興味をなくした様子である。こういうところは、やっぱり幼い子供だ。玄湖を好きとは言うが、まだまだ恋に恋しているだけなのだろう。

「ね、小春。川を見に行こうよ！　上の方に滝があるんでしょう」

「川は危ないって玄湖さんが言っていたわよ」

「だから行くんじゃないの。大丈夫、川に入ったりはしないよ。ただささっき、川の方から人間っぽい匂いがしたの。もしかしたら人間が流れ着いているかもしれないよ」

私は皐月姫の言葉に目をぱちくりさせた。

「流れ着くって……」

この隠れ里の川は、尾崎の屋敷が守っているあの川と同じで、彼方《あちら》と此方《こちら》が混じり合っていると玄湖が言っていた。私は以前、屋敷の前を流れる川に突き落とされ、自分が生まれる前の世界へ流されてしまったことがある。ということは、別の場所からこの隠れ里に流されてくることもあるということだろうか。

「小春が行かないならアタシ一人で行くもん!」

皐月姫は決めたことを変える気はないようだ。

私と麦は顔を見合わせる。

「……分かったわ。一緒に行くけど、絶対に川に入ったりしちゃダメよ」

「うん!」

皐月姫はコックリ頷いた。変なことを思い付くし、妙に強情なところもあるが、皐月姫は素直だ。そんなところも可愛く思えてしまう。南天と檜扇が、まだどうもとこうもと名乗っていた頃もこんな感じだった。

「麦、行きましょうか」

「きゅん！」

軽やかな足取りでどんどん先へ行く皐月姫。三歳の歩幅は小さいのに、驚くほどの速度だ。帯留めの鈴がチリンチリンと鳴っている。私と麦は遠ざかる鈴の音を必死に追いかけた。

川沿いは心地よい風が吹き抜けていた。暑くも寒くもないちょうどいい気温なので、走ってもほとんど汗をかかない。しかし長く走れば息が切れてしまう。

「遅いよー！」

皐月姫は時折立ち止まってそう言う。彼女は疲れないのだろうか。散々走り、麦でさえ、もうへとへとと言わんばかりに足取りは重くなっていた。

更に、皐月姫は大きな岩の連なりをまるで階段のように軽々と登り始めた。それを見ながら、私は足を止めた。

「さすがにそこは私や麦じゃ登れないわ」

「え？　そうなの？」

皐月姫はきょとんとした顔で振り返った。彼女とは、そもそも身体能力が違い過ぎる。

ハヒハヒと苦しそうにしている麦も、きゅんと肯定する。

「でもさあ、あそこ、誰か倒れてるよ。あれって人間じゃないかな?」

「え?」

皐月姫は川の上流を指差した。

目を凝《こ》らすと、確かに岩と岩の間に藍色《あいいろ》の何かが引っ掛かっているのが見える。でも私の視力では、それ以上は遠過ぎてよく分からない。

「まさか……本当に?」

ここは断崖絶壁に囲まれた妖《あやかし》の隠れ里だ。流れ着いたのが人間とは限らないが、念のため見に行った方がよさそうだ。

「しょうがないなぁ。小春も麦も行けないなら、迂回《うかい》しよう」

皐月姫は大きな岩からピョンと飛び降りた。その勢いで着物の裾《すそ》が捲《めく》れ上がっているが、まったく気にした様子はない。こういうところが三歳児なのだ。私はさっと皐月姫の裾《すそ》を直した。

「ありがと。ねえ、こっちの道なら小春たちも歩けるでしょ?」

皐月姫は比較的なだらかな坂道を指差す。そこからなら大きな岩を迂回《うかい》して上流に行けそうだ。

「ええ。行きましょう」

「きゅん！」

私はまたも先行する皐月姫の後を追って上流へ向かった。

「あれ、誰だろう……」

皐月姫はそう言って立ち止まった。

「え？」

皐月姫が見ている方を向くと、男性が川辺に立っているのが見えた。

着物を着崩し、酒が入った瓢箪《ひょうたん》を腰から下げている。顔が平たく、蟹《かに》のように目がギョロッとした男だ。

「あの人、宴席にいた人だわ。篠崎さんと話しているのを見たから」

「アタシ覚えてなーい」

男はノソノソと岩に這《は》い上がり、岩と岩の隙間に引っ掛かっている人を引っ張り上げた。

「あら、助けてくれたのね」

どうやら自分たちと同じように、岩間に引っ掛かっていたのが見えたのだろう。

引き上げられた人はどうやらまだ息があるらしく、ゲホッと咳き込むのが見えた。

よかった、と思ったのも束の間。皐月姫はさっと顔を強張《こわば》らせた。

「なんか、変な感じがする……」

「え？」

「先に行く！」

皐月姫は小さな体で身軽に駆けていく。

何をそんなに急ぐのかと思ったが、男の様子を見て私は息を呑む。皐月姫が慌てた理由を察した。

蟹《かに》のような顔の男は引き上げた人間を見て舌舐《な》めずりをし、ニタリと笑ったのだ。開いた口からギザギザの乱杭歯《らんぐいば》が見えてゾッと震えが走る。

――あれはきっと、人間を食べるつもりなのだ。

妖《あやかし》の中には人間を食う者もいる。私も尾崎家に迷い込んだ野良の妖《あやかし》に食われそうになったことがあった。だから、見た瞬間、そう直感した。

「む、麦！　皐月姫を追いかけましょう！」

「きゅん！」

麦を抱えると、私に出せる最大速度で皐月姫を追いかけた。

「――やめなさいよ！」

「ああっ？　邪魔すんじゃねえ、このクソガキが！」

私が息を切らして到着した時、皐月姫と蟹《かに》顔の妖《あやかし》は既に言い争っていた。

川から引き上げられた男は、まだ息はあるようだが、ずぶ濡れでぐったりと地に伏している。早く助けた方がいいのは間違いない。

「ワシが先に見つけたんだ！　この人間はワシの酒の肴《さかな》にするんだからな。誰にも渡さんぞ！」

やはり食べるつもりで間違いない。私はサアッと血の気が引く。

皐月姫はさっと身を翻《ひるがえ》し、倒れている男の前に仁王立ちになった。

「狐のお爺ちゃんが、人間は食べちゃダメって言ってたじゃない！」

「何を言う。そりゃ、そこにいる人間の雌《めす》のことだろう」

妖《あやかし》の男は私を指差した。

「他の人間については咎《とが》められる筋合いはない！」

男の顔はもう完全に蟹《かに》になっていた。化け蟹《がに》なのだろう。ギョロッとした目で私を見てきた。ギチギチと歯を噛み鳴らし、舌舐《な》めずりされて、私はゾッと鳥肌が立った。

「美味《うま》そうだなァ……。なあ、この人間の雄《おす》とお前、交換でもいいぞ。肉はよォ、雌《めす》のが美味《うま》いんだ」

「はあ？　何言ってんの⁉　するわけないでしょ！」

皐月姫は不愉快そうに眉を寄せた。

「フンッ、交換だ。じゃなきゃ渡さん。ほれ、この人間、鼓動が弱くなってきておる。ワシは死んでからゆーっくり食べても構わんが、お主らはその人間を助けるつもりで来たのではないか？　せっかくの人間が死んでしまってもいいのかァ？」

化け蟹《がに》はニタニタ笑いながらそう言った。

「そんなの、アタシがこの人間を抱えて逃げたらいいだけじゃない！」

「おお、いいとも。好きにしなァ。お主が逃げたら、そっちの人間の雌《めす》を捕まえて頭から食らうだけのことよォ」

「くっ……」

皐月姫は悔しそうに歯噛みしている。

彼女だけなら一人抱えても化け蟹《がに》から簡単に逃げられるのだろう。しかしさすがに二人を抱えて逃げることは出来ない。

「きゅーっ！」

麦が私を庇《かば》い、ムクムクと巨大化した。

しかし、化け蟹《がに》はせせら笑う。

「はっ、たかがスイカツラ一匹で、このワシを倒せると思っているのかァ？」

「きゅ、きゅわ……」

麦の様子からも劣勢であることが分かる。

どうすればいいだろうか。私は必死に考え、一つの結論に達した。

ぐっと拳《こぶし》を握りしめて、心を決める。

「皐月姫……そこの人を抱えて逃げて」

「で、でも、そんなことしたら小春が」

「とにかく急いで戻って、玄湖さんを呼んできてちょうだい。私には麦だっているもの。玄湖さんが来るまでなんとかしてみるから」

「そんなこと出来るわけないでしょ！」

やっぱり皐月姫は優しい子だ。だからこそ、幼い彼女を争わせたり、危険な目に遭わせたりするわけにはいかない。

「おお、おお、庇《かば》い合いとは泣かせるじゃあないか。おい、交換してやる。鬼の娘はさっさとこの死に損ないの人間を連れて行け」

化け蟹《がに》は涎《よだれ》をダラダラ垂らして私を見つめている。全身に怖気《おぞけ》が走るが、お腹に力を込め、化け蟹《がに》を睨《にら》み返した。

「ええ、交換です。——ただ、私に手を出すということの意味が、貴方は分かっているのでしょうね⁉」

「アァ？」

本音を言うととても恐ろしい。足はガクガク震えているし、声も裏返っている。ほんの少しでも気を抜けば腰を抜かしてしまいそうだった。

それでも怯《おび》えを見せるわけにはいかないと、必死に声を張った。

「私は尾崎小春。私自身はただの人間ですが、五尾の狐、尾崎玄湖の妻です！　尾崎は篠崎の親族――私を食べるということは、尾崎どころか親族の狐全てを敵に回すということ！　それを承知の上で言っているのですね？」

「ぐ……」

化け蟹《がに》はたじろいだ。

「いいえ、私だけではありません。麦――このスイカツラも尾崎の身内。そして、鬼の皐月姫は私の大切な友人です！　彼女が見つけた人間は客人として尾崎が保護します！」

「小春……」

皐月姫は目をまん丸に見開いている。

「狐を敵に回す覚悟がないなら、さっさとここから立ち去りなさい！」

私がそう言うと、化け蟹《がに》は足元の岩をガンッと蹴り飛ばした。その音に驚いたが、化け蟹《がに》は私を攻撃するつもりはないようだった。舌打ちをして両手を上げる。

「へっ、分かった、分かった。あーあ、酒が覚めちまったよォ」

化け蟹《がに》はそのまま、くるっと後ろを向いて去っていった。

なんとか無事に済んだ。

「きゅー……」

麦は緊張が解けて元の大きさに萎《しぼ》む。

「麦、守ってくれてありがとう」

私はその場にへたり込みそうになり、慌てて手近な岩に縋《すが》った。足がガクガク震えている。しかし化け蟹《がに》は倒れていた人の鼓動が弱まっていると言っていた。ここでのんびりはしていられない。

「皐月姫、早くその人を助けなくちゃ。とりあえず私が泊まっている離れに運びましょう」

皐月姫は目を真ん丸にしたままだ。

「あ、うん……小春、人間なのにすごいね……」

「いいえ、私は何もしてないわ」

化け蟹《がに》が引いたのは自分の力ではない。尾崎と篠崎の名前を出したからだ。

「んーん、格好良かったよ！」

「そ、そうかしら……」

格好いいと言われたのは生まれて初めてだ。なんだか気恥ずかしい。

「あのさ、最初の日、小春のこと地味って言ってごめんね。今の小春、ちょっと母様みたいだった」

皐月姫はそう言いながら倒れ伏していた男性を担いだ。

川から引き上げたばかりで着物も濡れているし、成人男性のようだから、かなり重そうだ。小さな皐月姫の体では担ぐことは出来ても足が地面を擦ってしまう。

「あ、足は私が持つわ」

「ん、お願い。あーあ、やっぱり大人の姿じゃないと不便！」

皐月姫が担いだことで、うつ伏せだった男性の顔が見えるようになった。呼吸を確認しようとした私は、驚いて目を見開く。

「嘘――この人は……！」

顔色は白っぽく、固く目を閉じているが間違いない。ほんの数日前、銀座で再会した幼馴染《おさななじみ》――山内昌平だった。

よく見たら着ている藍色《あいいろ》の羽織にも覚えがある。銀座で会った時、この羽織を着た山内が胸を張っていた姿が脳裏を過《よぎ》った。

「小春、この人間のこと、知ってるの？」

「え、ええ……知り合いなの」

「ふうん。じゃあ、ただの人間なんだよね」

「そのはずよ。何かあるの？」

「うーん、なんか変な匂いがした気がする……」

「変な匂い？」

クンクンと嗅いでみたが分からない。

皐月姫は首を傾げていたが、ふるふると首を横に振った。

「気のせいかも。行こう」

発言は気になったが、山内は冷え切っているし、助ける方が先だ。

皐月姫と共に急いで離れに連れて行くと、小狐が数人、わらわらと寄ってきた。小狐の一人が山内にふうっと息を吹きかけると、山内の濡れていた着物が一瞬で乾く。

「布団を用意しました。寝かせましょう」

そう言って、山内の体を中に運び入れ、布団に寝かせてくれた。

小狐が山内の脈を測り、呼吸を確かめるように口元に耳を近付けている。

「――まだ息はございます」

小狐がそう言ったので私はホッと息を吐く。

山内は着物が乾いたからか、さっきより顔色が良くなっている。川の水で冷え切っていた手を握ると、ほんのり温かくなっていた。これなら――そう思った時、小狐が淡々と言った。

「しかし、残念ですが、そう長くはないでしょう」

「え……？」

心臓がドクンと嫌な音を立てた。

「ど、どうしてですか⁉」

私は小狐に詰め寄る。小狐は人差し指をそっと面布《かおぎぬ》の前に立てた。

「――お静かに。外に出ましょう」

外に出ると、心配そうな麦と目が合った。皐月姫も外で待ってくれている。私の顔を見て近寄ってくる。

「あ、あの……長くないとはどういう……？」

「あの方は人間で、川を流されてきたのですよね？」

「そのはずよ。見つけた時、岩と岩の間に引っ掛かっていて……」

「では、間違いありません。あの方はもう半分亡くなっています。つまり、魂《たましい》なのです。そうでなければ、人間が川から流れてくることは出来ません。あの川は尾崎家の前にある川より常世《とこよ》に近いのです。おそらく、あの方は人の世にて一度、心臓が止まったのでしょう。ごく稀《まれ》にそこから蘇生する方もいますが、あの方の魂《たましい》は既に川を流されて常世《とこよ》に近いこの隠れ里まで来てしまいました。ここから人の世へ戻るのは、難しいのではないでしょうか」

「で、でも……ほんの数日前に会った時は元気そうだったわ！　それに触ることが出来たし……体温だってあるのに、あれが魂《たましい》だなんて――」

小狐はこてんと首を傾げ、淡々と言う。

「さあ、急な病か、事故にでも遭われたのではありませんか。人はとても弱いですから。体に関しては、ここは特殊な妖《あやかし》の隠れ里です。裸の魂《たましい》に一時的に肉体という器が与えられたのでしょう。宴《うたげ》を開くにあたり、実態のない妖《あやかし》でも接待出来るよう主人《あるじ》様がそう場を整えてくださっています。おそらく、その影響でしょう。しかし所詮は仮初《かりそめ》の体です。尾崎様がいらっしゃったように、鳥居を経由して現世《うつしょ》に戻ることは出来ません。このまま目覚めない可能性もございます。万が一目覚めたとしても、死んだ事実を思い出した時点で、あの方の魂《たましい》は再び川を流れ、常世《とこよ》に向かわれるでしょう」

「な、何か方法はありませんか。さっき、稀《まれ》に蘇生すると言っていましたよね？」

小狐はふるふると首を横に振った。

「申し訳ありません。方法は分かりません。おそらく、人の身であの大きな滝を登るくらい難しいことだと思います。これ以上は私にはどうにもなりません。主人《あるじ》様に相談いたします」

「そ、そうよね。篠崎さんは八尾のすごい狐なんだもの。きっと何か手が――」

「この隠れ里に流れ着いた人間は、これまで幾人もおりました。しかし誰一人、蘇生することはありませんでした。あまり期待をされませんよう」

そう言って小狐は去っていった。

私は呆然と立ち尽くすしかなかった。

「きゅーん」

麦が心配そうに鼻を鳴らす。抱き上げると私の手をペロペロ舐《な》めた。

「……人間って本当に弱いんだね。せっかく見つけたのになぁ」

皐月姫はあっけらかんとそう言う。

しかし私にはそんな皐月姫に何か言う余裕はなかった。

ついこの間、会ったばかりだったのだ。元気だった彼がどうしてこんなことになってしまったのだろう。山内を生き返らせる方法が何かないのだろうか。

そんなことを考えて無言で俯《うつむ》く私に、皐月姫は慌てたように言った。

「ご、ごめん。あの人間、小春の知り合いなんだよね」

「ええ……幼馴染《おさななじみ》で……」

「あの、アタシもなんか助けに……」

そう言った時、皐月姫は目を輝かせて振り向いた。

「あっ、玄湖様だ！」

遅れて私にもこちらへ向かってくる足音が聞こえた。

「小春さん！」

玄湖は血相を変え、小走りで離れに戻って来た。小狐から話を聞いたのだろう。

「玄湖様ぁ！」

皐月姫は頬を紅潮させ、玄湖に抱きつこうとしたが、サッと躱《かわ》された。ムーッと皐月姫の唇が尖っていく。

しかし玄湖はそんな皐月姫を気にもせず、私の手を取った。

「小春さん、大丈夫だったかい。石和《いさわ》が小春さんを襲おうとしたって聞いて、心臓が止まるかと思った。やっぱり離れるんじゃなかった！」

「石和……あの化け蟹《がに》のことでしょうか」

「ああ。アイツは篠崎さんに頼み事をしに来たくせに、客人だってふんぞり返って酒ばかり飲んで態度が悪かったんだ。小春さん、どこか怪我をしてないか？　痛いところは？」

「平気です。怪我はありません」

そう言った私はぎゅうっと抱きしめられた。玄湖の胸元に耳を寄せると、早鐘を打っているのが聞こえる。私のことを本気で心配してくれていたのが伝わってきた。

私も玄湖の体温を感じてホッとする。

「そうか、よかった……。石和は篠崎さんがうんと叱りつけて隠れ里から追い出したよ。もう二度と顔を合わせることはないから、安心しておくれ」

私はその言葉に頷いた。

「麦と皐月姫が私を守ってくれたんです」

「へえ、そうなのか。麦、それから皐月姫も、小春さんを守ってくれて感謝するよ」

「……アタシ、人間の様子を見てこようっと！」

皐月姫はどうやら拗《す》ねてしまったらしい。プイッと顔を背《そむ》け、離れに入っていく。

「おや、なんだかご機嫌斜めだねえ？」

玄湖は首を傾げた。皐月姫が拗《す》ねてしまった原因が自分にあるとは思いもよらぬようだ。

「きゅふん……」

麦まで呆れ声で鼻を鳴らした。

「小春さん、まだ不安そうだけど、どうしたんだい？」

玄湖は優しい声でそう尋ねてくる。私にとっては石和という化け蟹《がに》より、山内の方が重大な問題なのだ。

「あの、玄湖さん……流れ着いた人間がいるって小狐から聞きました？」

「ああ、そうらしいね」

「それが……こないだ銀座で会った私の幼馴染《おさななじみ》だったの」

私は玄湖にさっきの話を聞かせた。

「えっ、確か山内さんだったか……」

玄湖は顎《あご》に手を当てる。

「皐月姫が川の岩間に引っ掛かっていた彼を見つけてくれて。私と同い年でまだ若いのに。彼を助けることは出来ないでしょうか」

玄湖はとても強い妖《あやかし》だ。そして長く生きている。以前、川に落ちて過去の世界に行ってしまった私を助けてくれたように、山内を助ける方法を知らないだろうか。

縋《すが》るように見つめるが、玄湖は静かに首を横に振った。

「……難しいだろうね。心臓が止まった人間が生き返ったって話を小春さんも一度くらいは聞いたことがあると思う」

私は頷いた。

「それは三途の川の手前まで来たけど、渡らずに戻って来た場合が大半だ。でも、ここに流れ着いた時点で、既に三途の川に足を踏み入れてしまってるんだ。亡くなる人は川を流れて、最終的に常世《とこよ》に向かう。山内さんはたまたまその途中で引っ掛かって、ここに流れ着いてしまったのだろう」

玄湖はさっきの小狐と同じことを話した。

「このまま意識が戻らなければ、仮初《かりそめ》の体は消えて魂《たましい》は再び川を流れていくだろう。目を覚ましたとしても、死んだことを思い出したら、仮初《かりそめ》の体は消えてしまうはずだ。後は、現世《うつしょ》で火葬されてしまうのもまずい。意識不明なだけなのか、死んでいるのか……現世《うつしょ》での肉体の状況によるだろうね」

私は眉を寄せた。父が亡くなった時のことを思い出す。

「つまり、現世《うつしよ》で肉体が死んでしまっていたなら、長くても猶予《ゆうよ》はほんの数日ってことね……」

「うん……そうなるだろう」

玄湖は私を慰《なぐさ》めるように肩に手を置いた。

「それでも石和からあの人を取り戻せてよかったよ。仮初《かりそめ》の体とはいえ、魂《たましい》ごと食われてしまったら、常世《とこよ》に行って生まれ変わることも出来なくなるからね」

その時、皐月姫が離れから飛び出してきた。帯留めの鈴が激しい音を立てている。

「ねえ！　人間が目を覚ましたんだけど、どうしたらいい？」

私は玄湖と顔を見合わせた。

二人で離れに飛び込むと、布団に寝かされていた山内が上体を起こしていた。

「あの……ここはどちらのお宅でしょう。俺、どうしてこんなところに」

きょとんとした顔でキョロキョロと部屋を見回している。

「昌平くん！　目を覚ましたのね。よかった……どこか痛いところはない？」

目を覚ました山内の姿に胸を撫で下ろした。

しかし山内は、私を見て目をぱちくりさせている。

「昌平くん、どうかした？」

「ええと……もしかして、由良さん家の小春ちゃんかい？」

「え？　そうだけど……」

「何年振りだろう。もしかして尋常《じんじょう》小学校を卒業して以来か？　すぐには気が付かなかったよ。綺麗になったなぁ……」

ほんの数日前に会ったばかりだというのに様子がおかしい。まるで、久しぶりの再会のような口振りである。

「何を言っているの？　こないだ銀座で会ったじゃない。私の父のことでお悔やみを言ってくれて……」

「銀座で？　覚えがないけど……それよりおじさん、どうしたんだ？　お悔やみって、亡くなったのか？」

「ええ。そうだけど」

「い、いつのことだ？」

「半年くらい前に……昌平くん、実家に帰った時に、おばさんから話を聞いたって言っていたけど、それも覚えていないの？」

「実家に……？　俺、大工の見習いになってから、正月くらいしか実家には戻ってないんだけど……おかしいな。いや、そもそも今って何月なんだ？」

山内は首を捻《ひね》っている。ここしばらくのことを何も覚えていない様子だ。

「それに、なんでこんなところに寝ているんだろう。俺……何をしていたんだっけ。うーん、ここしばらくの記憶が曖昧《あいまい》で。なあ、小春ちゃん、ここはどこだ？」

「こ、ここは……その……」

私は言葉に詰まる。下手《へた》なことを言って死んだことを思い出させるわけにはいかない。なんと説明すればいいものか――悩む私の肩に、玄湖の手がそっと置かれた。

玄湖は目が合うと、パチリと片目を瞑《つぶ》ってみせた。金色の優しく垂れた目が、任せておくれ、と言っている。

私は小さく頷き、玄湖に任せることにした。

玄湖は山内に向かってニッコリと笑った。

「はじめまして！　私は狐の妖《あやかし》の尾崎玄湖と申します。ここは狐の隠れ里です！」

いい感じに誤魔化してくれるのかと思ったら、直球で明かしてしまった。私は驚いて玄湖を見るが、玄湖は構わず、あのよく回る舌でベラベラ話し始めた。

「実は貴方と、この小春さんは私の身内、つまり狐の恩人なのです。覚えていらっしゃいますでしょうか。もう何年も前のことになります。まだ子供だった山内さんは、お腹を空《す》かせた野良犬に餌《えさ》を与えたことがあったでしょう？」

玄湖がそう言うと山内は首を傾げた。

「え？　子供の頃ねえ……うーん」

子供の頃、近所に飼い犬に縄をつけず、放し飼いにしていた家があったのだ。その犬に、こっそり嫌いな食べ物をあげてしまう、なんてことはあのあたりに住んでいた子供なら一度や二度はあっただろう。玄湖もそんな光景を目撃したことがあったのかもしれない。

山内も、はっきり覚えていなくともそれらしい思い出があるようだ。

「まあ、確かにあの頃は犬なんてそこら中にいたし、餌《えさ》をやったこともあったかもしれないな」

「はい、ありました。匂いでよーく覚えております。山内さんから餌《えさ》をもらった犬は、実は狐が化けていたのです。ある年、山の恵みが少なく、我々はやむなく食べ物を探しに町に行ったのです。しかし、慣れない町では食べるものも見つけられず、あてもなく彷徨《さまよ》い、倒れてしまいそうだったその時！　山内さんや小春さんからいただいた餌《えさ》で命を永らえたのですよぅ！」

玄湖は身振り手振りで臨場感たっぷりに話している。最初はポカンとしていた山内も、だんだん玄湖の話に引き込まれていくのが分かった。

「へえ、そんなことがあったとは。俺はただの犬だと思っていたよ」

「ええ、そうでしょうとも。昔から、狐七化け狸《たぬき》は八化けと申しますくらい、狐は化けるのが得意なものですから」

「なるほどねえ」

山内は楽しそうに頷いた。

（前々から思っていたけれど、玄湖さんって詐欺師になれるんじゃないかしら）

ついそんなことを考えてしまう。

「それから数年、ようやく山の恵みも元に戻り、我々狐の一族はあの時の恩返しをしようと思い立ったのです。それでお二方をこちらの狐の隠れ里にお招きいたしました。数日間、羽を伸ばして美味《おい》しい食べ物、美味《おい》しいお酒を好きなだけ召し上がってください。食べ物や飲み物は正真正銘本物です。恩人のために人の食べられるものをご用意いたしましたから」

「そうなのか。でも数日ってのは、ちょっと困るよ。仕事もあるんだ。ええと……今の現場はどこだっけ」

山内は困ったように首を傾げた。

「それだけじゃない。俺、親方の家に住み込みしているんだ。何日も留守にしたら、親方の家族が心配するよ。いつも食事を用意してくれる親方の奥さんにも悪いし……それに、何か約束していた気がして――」

山内は額を押さえる。

「やっぱり俺、帰らないと――」

「――お、お待ちください！」

玄湖は慌てたように遮《さえぎ》った。

「だーいじょうぶ！　数日間というのはあくまで体感時間の話にございます。ここでの時間は一晩の夢のようなもの。気力体力だけが充実して残り、ああ楽しい夢だったと目覚めるのですよう！」

玄湖の怒濤《どとう》の勢いに、山内は目をぱちくりさせた。

「そ、そうか。じゃあこれも全部夢ってことになるのか。ははっ、なんだか面白いな」

「そうでしょう！　全て楽しい夢にございます。ほら私もこの通り、狐の尻尾《しっぽ》が生えておりますし、隠れ里の妖《あやかし》もツノやら尻尾《しっぽ》やらがございますが、山内さんを傷付ける恐ろしい妖《あやかし》はおりません。どうか数日お楽しみください！」

「へえ、だからそっちの娘さんにはツノが生えているのか」

山内は離れたところからおそるおそる様子を窺っている皐月姫に向かって言った。

「ア、アタシ⁉」

皐月姫は突然話を振られ、目を丸くした。

「アタシは鬼の娘だけど……」

山内はじっと皐月姫を見つめた。

「なるほど、作り物には見えない立派なツノだ。狐の兄さんの尻尾《しっぽ》も本物にしか見えないし。ここが妖《あやかし》の隠れ里かぁ。でも部屋の中は案外普通なんだな」

山内は楽しそうにキョロキョロしている。

「……まあ、これで少しの間は大丈夫だろう」

玄湖は私にこっそり囁《ささや》いた。

六章

山内の処遇は篠崎に頼み、玄湖のホラ話の通りに扱ってくれることになった。

滞在している他の妖《あやかし》には篠崎が周知してくれたのだが、面倒事に巻き込まれたくない妖《あやかし》の一部は隠れ里から帰ってしまったそうだ。

篠崎と残った妖《あやかし》は、迷い込んだ人間を現世《うつしょ》に戻す方法について考えてくれている。

私に出来ることは、山内が死んだという記憶を取り戻さないように話を合わせることくらいだ。

「なあ、ここは狐の隠れ里なんだろう。外はどうなってるんだ？　ちょっと出てみたいんだが」

山内は少し前までぐったりしていたのが信じられないほど元気な様子だ。室内で大人しくしているのに早くも飽きてしまったようで、ソワソワしながら言う。

「ええ、構いませんが……」

小狐は頷いて、私に視線をやるように面布《かおぎぬ》をした顔を向けた。

「昌平くん、私も行くわ」

「うん、行こう、小春ちゃん！」

山内は離れの外に出ると、驚愕《きょうがく》の声を上げた。

「こりゃあ絶景だ！　すごい崖だし、深山幽谷《しんざんゆうこく》ってこんな景色を言うんだろうなぁ」

山内は目を輝かせて周囲を見回している。そして離れを出てすぐのところにある数本の桃の木に目を止めた。美味《おい》しそうな桃が実る木、その隣にある桃の花が舞い散る木、そして葉を赤く染めた桃の木、冬枯《か》れて葉が落ちた桃の木をじっくり見比べた。

「これ、全部桃の木か。四季がいっぺんに揃っているみたいじゃないか。こんな景色、活動写真でも見たことないよ。いやあ、妖《あやかし》の隠れ里っていうのも納得だ」

玄湖の尻尾《しっぽ》や、皐月姫のツノ、それから外の景色を見たことで、山内は玄湖の話を完全に信じてくれたようだ。

「――信じてくれたみたいでよかったよ」

玄湖は私に耳打ちした。

「でも、散々出まかせを言ってしまったから、私が小春さんにベタベタしていたら、おかしく思われてしまうね」

そう言って玄湖は私と距離を取った。

「そ、そうですね……」

夫婦であるのにそう振る舞えないのだ。仕方のないことではあるが、距離があるのを少し寂しく感じてしまう。

「さっきは難しいって言ったけど、本当に現世《うつしよ》に戻す方法がないか篠崎さんと調べてみるよ。篠崎さんは私よりずっと長く生きている狐だ。その膨大な記憶を本にして狐の親族しか入れない書庫に仕舞っているんだよ。そこを探せば何かいい案が見つかるはずさ」
「は、はい。お願いします！」
玄湖がそう言ってくれたのだ。篠崎も手を貸してくれるなら心強い。
「ただ、書庫を開けている間、篠崎さんは外に出られなくなる術でね。書庫を閉じる
にも時間がかかる。もし何かあっても篠崎さんを頼ることが出来なくなってしまうん
だ。私も側にいられないし、くれぐれも気を付けておくれよ」
「あっ、玄湖様、それならアタシも調べるのを手伝いまぁす！」
皐月姫は私を押し退け玄湖に抱きつこうとした。しかし、玄湖はそれをスルッと
躱《かわ》す。
「いやいや、狐の親族じゃないだろう。そんな気遣いしなくていいから、皐月姫は小
春さんたちと一緒に遊んでいるといい」
そう言って皐月姫の頭をポンポンと叩いた。
「玄湖様、アタシを子供扱いしないでっ！」
地団駄《じだんだ》を踏んで怒る皐月姫は、見た目も態度も完全に子供であるのだが、子供扱い
は気に食わないようだ。

玄湖は苦笑して、皐月姫に目線を合わせるようにしゃがんだ。

「じゃあ、皐月姫。君を立派な妖《あやかし》と見込んで頼みがある。小春さんに協力してくれないかな。危ないことがあったら助けてほしい。君にしか頼めないんだよ」

玄湖がそう言うと、皐月姫は目を輝かせた。

「玄湖様がそうおっしゃるのでしたら！」

皐月姫は、張り切ったように胸を張る。

「おーい、小春ちゃん、こっちに来てごらんよ！」

山内は何も知らずに私を呼んでいる。

私と玄湖は互いに目を見交わして小さく頷いた。

「ほら、皐月姫も行っておいで」

「はい、お任せを！　小春、行こう！」

皐月姫は私の手を掴み、山内の方へ走った。

「小春ちゃん、見てごらんよ。ただの子犬かと思ったら尻尾《しっぽ》が蛇《へび》なんだ」

山内は麦を抱っこして尻尾《しっぽ》を見せてきた。麦はつぶらな黒い目を垂れさせ、困り顔をしているが、我慢してくれているようだ。

「こいつも妖《あやかし》なんだ。面白いなあ。偽物の尻尾《しっぽ》じゃない。ちゃんと繋がっている」

そう言いながら麦の尻尾《しっぽ》の付け根を引っ張った。

「んきゅっ！」

麦が嫌がって鳴き声を上げた。

「ごめんごめん、嫌だったか。あははは！」

それを聞いて山内は楽しそうに笑っている。

「しかし妖《あやかし》っていっても全然怖くなくてよかったよ。この犬みたいなやつも、さっきの狐の兄さんも恐ろしい感じはしないね。ツノのお嬢さんもとっても可愛らしいし」

「まあ、ありがと。アタシのことは皐月姫って呼ぶのを許してあげる。でもアタシとしてはアナタと小春の方がお似合いだと思うなぁ」

「ちょっと皐月姫、なんてこと言うの！」

私は皐月姫を引っ張り、山内に聞こえないように距離を取って皐月姫に囁《ささや》いた。

「あの人間って知り合いなんでしょ。いっそ、あの人間とくっついちゃえば？　人間同士でちょうどいいじゃない」

「ちょうどいいなんて、冗談でもそんなこと言うのはやめてちょうだい！」

私はそう言ったが、皐月姫はプイッと顔を背《そむ》けた。

「冗談なんかじゃない。人間は人間と、妖《あやかし》は妖《あやかし》と結婚するべきなの。分かってないのは小春の方」

「どうしてそんなことを……」

これまで、皐月姫は我儘《わがまま》なところはあったが、概《おおむ》ね明るくて素直だった。昨日の一件以来、私がやめてほしいと言えばすぐにやめてくれたのに。

しかし今は、くりくりしていた目をキッと吊り上げ、唇をワナワナと震わせて俯《うつむ》いている。

「だって人間と妖《あやかし》じゃ何もかもが違い過ぎるじゃない。人間は弱くて、寿命もうんと短い。アタシの前からすぐにいなくなる……置いていかれるのは――」

「さ、皐月姫……？」

私が彼女の名前を呼ぶと、ハッと顔を上げた。

「……なーんてね。玄湖様に言われたし、ちゃんと協力してあげるってば。ほら、早く戻らないとあの人間に変に思われるよー」

皐月姫はニッコリ笑う。今まで通りの態度だった。

「もう、山内さんよ。人間、なんて呼びかけたらいけません！」

「ふうん、分かった。ねえ、山内ー！」

本当に分かっているのやら。

皐月姫は山内を呼びながら身軽に駆けていく。帯留めの鈴が軽やかな音を立てた。

その背中を見ながら私は思った。

——皐月姫はまだ何かを隠している。玄湖を好きな気持ちは嘘ではないようだし、私にも懐《なつ》いてくれている。しかしそれ以上に人間と妖《あやかし》の夫婦関係に拒否感があり、ムキになってしまうようだ。それに……母親の話題に過剰に反応する。

もし、出て行ったという皐月姫の母親が人間だとしたら——

「んっきゅー！」

いつまでも離れたところにいる私を心配したのか、麦が駆け寄ってきて、私の背中に飛びついた。

「——ああ、麦。ごめんごめん。今行くわ」

私は麦と共に山内たちの方へ向かった。

「ねえ、あっちにすごい洋館があるんだよ！」

皐月姫は山内に隠れ里の話を聞かせている。

「へえ、妖怪の隠れ里なのに、洋館があるなんて随分とハイカラだね。どんな建物なんだい？」

大工という職業柄か、山内は洋館に興味を持ったようだった。

「どんなって言われてもなあ。洋館は洋館だよ。アタシには説明なんて出来ない。山内は見たら分かる？　それなら、みんなで見に行こうよ！」

皐月姫は機嫌良く山内を誘った。山内も乗り気だ。

皐月姫を先頭に、少し歩くと吊り橋の前に着いた。

「洋館に行くにはこの吊り橋を渡るんだよ」

「あぁ、さっきチラッと見えた吊り橋か。うわっ、下の方が霞《かす》んでる。随分高い吊り橋だなあ……」

山内は崖下を覗き込んでいる。見ている方がヒヤヒヤしてしまった。

「でしょ。山内は高いところってどうなの？　苦手？」

「俺は大工だから、高所作業で慣れている方だと思う。さすがにここまで高いのは初めてだけどな」

「アタシは何度か渡ったから、もう慣れちゃった」

「こんなに小さいのにすごいじゃないか。偉いなぁ！」

山内は皐月姫の頭をくしゃくしゃと撫でた。

子供扱いされて怒るかと思ったが、皐月姫は驚いたように目を見開き、それから二コッと微笑む。

「えへへ、褒《ほ》められちゃった」

皐月姫は今までで一番幼く見える顔をしていた。

玄湖には子供扱いされたくないと言っていたが、それでも皐月姫はまだまだ甘えたい盛りなのだろう。

不意に、山内が私の方を向いた。

「そういえば小春ちゃん、高いところ嫌いだったよな。こんな吊り橋渡れるのか。ほら、木登りしたはいいけど、下りられないって泣いたことあっただろう」

「えっ、そんなことあったかしら……」

「あった。六歳くらいの頃だよ。あの時は、俺が大人を呼びに行ったんだ」

そう言われて一気に思い出した。木の上で泣き喚《わめ》いていた恥ずかしい思い出に顔がカーッと熱くなる。

「もう、そんな昔のこと忘れて！」

幼馴染《おさななじみ》はいいことばかりではない。忘れてほしいことまで覚えているとは。

「アタシは偉いから怖くないもん！　先に行くねっ！」

皐月姫はそう言いながら、麦を抱いて先に吊り橋を渡ってしまった。軽快に駆け足で渡っていく。私ではあんな風に渡るのは難しいかもしれない。そう思って眺めていたら、山内には私が吊り橋の高さに怯《おび》えているように見えたらしい。

「ほら、小春ちゃん、手を引いてあげるからさ」

山内は私の手首を掴んだ。

「いいえ、私は大丈夫だから……」

「いいから、いいから。暴れると吊り橋が揺れて、もっと怖くなるぞ」

山内は私を無理矢理引っ張るように吊り橋を渡り始める。手を振り払おうとその場に踏ん張ると、吊り橋が軋《きし》む音を立てて激しく揺れた。

「きゃあっ！」

グラッと一度揺れるだけではない。波のように揺れ戻りがあるので、揺れが落ち着くまで私は片手を手すりに、もう片手で山内の手に縋《すが》るしかなかった。

私としては手を放してくれた方がよかったのだが、山内は心配して私の手をしっかり掴んでくれていた。

「ほら、だから言っただろう」

言い聞かせるように窘《たしな》められてしまう。それなら諦めてさっさと渡ってしまおうと、私は足を急がせた。

ようやく向こう側まで渡り切り、私は山内の手を外す。

「もう平気だから、手を放して」

「なんだよ、照れているのか。これくらい気にすることないのに」

手を引いてくれたのが親切心だったのは分かっている。しかし私は玄湖と結婚しているのだ。それを言えないせいで複雑な気分だった。

「……そういえば、昌平くんって昔から面倒見はいいけど、ちょっと無神経なところあったわよね」

山内は面倒見のいいガキ大将で、小さな子供からは人気があった。反面、同級生の女子からは、ガサツだの無神経だのと言われていた。

ため息まじりにそう言った私に、山内は声を上げて笑った。

「小春ちゃんこそ、大人しくて優しそうだけど、怒らせたら一番怖いから気を付けろって、同級生の男子からよく言われていたぞ」

「もうっ」

混ぜっ返されて私はむくれた。

その後、待っていた皐月姫と合流し、私たちは道なりに歩き出した。こちらの山も篠崎邸がある山と同様に岩が多く、岩と岩の間に草が生い茂っている。道の部分には砂利が敷かれて歩きやすい。道沿いにちらほらと桃の木が生えていて甘い香りがしていた。

「こっちだよ！」

皐月姫に案内されて少し歩くと洋館に着いた。

二階建ての洋館は左右対称で、白亜の壁にアーチ状の窓、端には尖塔まであり、まるで絵本に出てくるお城を小さくしたような建物だ。

建物の知識はない私でも美しい建物だと感じた。

山内は洋館を見て目を輝かせた。

「すごいな！　ふーん、屋根は寄棟造《よせむねづくり》で銅板葺《ぶ》きか」

「山内、こういうの分かるの？」

「詳しいわけじゃないさ。でも、仕事で使う知識は少しあるかな。こんな立派な洋館をこの目で直《じか》に見られるとは。妖《あやかし》の技術ってすごいんだな」

詳しくないと言う割に、山内はあれこれと洋館のうんちくを語っている。使っている石がどうの、漆喰《しっくい》がどうのという話だ。私は聞いていてもピンとこないのだが、皐月姫は楽しそうにうんうんと頷いていた。

「アタシが中を案内してあげる」

皐月姫は山内をぐいぐい引っ張って洋館の中に入って行った。

私もその後を追おうとしたところで、洋館の入り口から少し離れた場所に瑰を見つけた。大きな岩に腰掛けている。私たちにも気付いていない様子だ。

「先に見てて。後で追いかけるから」

挨拶《あいさつ》くらいはした方がいいだろう。私はそう思って皐月姫たちに声をかけ、瑰の方へ足を進めた。

物思いに耽《ふけ》っているのか、瑰は背を丸めてぼんやりと虚空《こくう》を眺めている。私の足音が聞こえたのか、突然、バッとこちらを向いた。

「——ユカリかっ？」

その勢いに私は驚いて足を止めた。

瑰の赤い瞳が私に向けられる。しかし瑰はすぐに人違いだと知り、興味を失ったようだ。

「なんだ尾崎の家の者か。なんの用だ」

「あ、あの……洋館を見せていただこうと思って、ご挨拶《あいさつ》をと……」

「篠崎から借りているだけで俺の家ではない。好きにすればいい」

瑰はユカリという名前を口にした。もしかしたら、出ていったという妻の名前なのかもしれない。ふと、同じ名前の人を思い出し、私の口からポロッと零れ出た。

「……紫先輩……？　まさかね」

「おい、今、ユカリと言わなかったか。それは俺の妻の名前だ」

ごく小さな声で零したつもりが、瑰の耳には聞こえていたらしい。やはりと思いつつ、私は慌ててブンブンと首を横に振った。

「い、いえ。私の言った紫さんというのは、以前通っていた女学校の先輩のことです！」

「その者もユカリという名前なのか」

「ええ。とても明るくて素敵な人でした。私の憧れの人だったんです。ユカリさんというお名前を聞いて、つい連想してしまって」

「……そうか」

ピリピリしていた瑰の雰囲気が少しだけ和《やわ》らいだ気がする。

私は意を決して瑰に質問した。

「もしかして、皐月姫のお母さん――ユカリさんは人間だったのですか？」

長い沈黙の後、瑰は静かに肯定した。

「ああ。正しくは『ほとんど人間』だった。一応、先祖に鬼の血を引いていたが、ユカリ自身にはなんの力もなかった。寿命も人間と同じだ。そして、人間の世界を忘れられず、俺と皐月姫を置いて出ていった女だ」

――やっぱり、と私は思った。

皐月姫は、きっと妖《あやかし》と人間という異類同士で結婚したから、母親が皐月姫を置いて出ていってしまったのだと思っているのだろう。だから私と玄湖の結婚にも、あれだけ否定的だったのだ。

「そうですか。教えていただき、ありがとうございました」

私がお礼を言うと、瑰は座っていた岩から下りて私の方を向いた。昨日のように怒り狂った鬼の姿ではないため、大柄ではあるが髪や目の色、ツノを見なければ人間と大差がない。親子だけあって、皐月姫が男性に変身した時の姿によく似ていた。

「そういえば、迷い込んだ人間を保護したそうだな」

「は、はいっ」

私は思わず背筋を正す。瑰にはそういう妙な迫力があった。

「篠崎の小狐から事情は聞いた。皐月姫が随分と構っているようだが」

「迷い込んだのは私の知り合いなんです。どうにか現世《うつしよ》に戻す方法がないか、今、玄湖さんと篠崎さんが探してくださっています。あの、瑰さんは何か方法をご存じではないですか？」

「俺も現世《うつしょ》に戻す方法は知らない」

魂のそっけない返答に私は肩を落とした。

「そ、そうですよね……」

「だが、常世《とこよ》に行かせず、この隠れ里に留まらせ続ける方法なら知っている」

その言葉に私は目を見開いた。

「ほ、本当ですか⁉」

このまま放っておけば、数日後には現世《うつしょ》の彼の体は火葬されてしまうかもしれない。そうなれば、もう隠れ里に留まることすら出来ず、常世《とこよ》に行ってしまうと聞いていた。

現世《うつしょ》に戻るか、常世《とこよ》へ行くという二つの選択肢しかないと思っていたが、ここに留まるという三つ目の選択肢があるとは。

「お、お願いします！　その方法を教えてください！」

私は藁《わら》にも縋《すが》る気持ちでそう言った。

「別に難しいことではない。魂《たましい》がここに留まる理由を作ればいい。魂《たましい》は川の上流から下流に流れていく。その人間は、今はたまたまその川の出っ張りに引っ掛かっているような状態だ。だから存在が不安定だし、またいつ流されてもおかしくない。だが、もし川に中洲があり、そこに上がることが出来たならば流れてはいかないだろう？」

「は、はい……」

「その中洲になる存在を用意すればいい。男にとって一番簡単なのは、番《つがい》を用意することだ」

「つ、番《つがい》って……」

「女だ。恋人、妻。呼び方はなんでもいい。恋しい相手がいれば、ここに残りたいという強い気持ちが出来る。寄る辺《べ》ない魂《たましい》に必要なのは、そういう純粋で強い気持ちだからだ。それさえ出来れば、最悪現世《うつしよ》の肉体が朽《く》ちてもこの隠れ里であれば、仮《かり》初《そめ》の肉体のまま過ごせるかもしれない」

「それって……」

「どうしても救いたいのなら、お前が尾崎と別れてその男の番《つがい》になればいい。人間同士、ちょうどいいではないか」

人間は人間同士――それは皐月姫の言っていたのと同じ言葉だった。

「そ、そんなこと出来ませんっ！」

瑰は嫌そうに眉を寄せ、虫を払うように手を振った。

「聞かれたから答えただけだ。篠崎も尾崎も、これくらいのことは知っているはずだ。

だがお前に何も言わなかったのなら、そういうことなのだろう」

私は何も言えず、頷くことしか出来ない。

瑰はそのままくるりと私に背を向けてしまった。話は終わりというように。

「お話を聞かせてくださって、ありがとうございました」

私は瑰に頭を下げる。上げた時にはもう瑰の姿はなかった。怒っていない時の彼は、ほとんど物音がしない。まるで白日《はくじつ》の幻《まぼろし》のようだった。


洋館に戻ると、玄関先で皐月姫と山内が待っていた。

「小春、遅いよ。もう全部見ちゃったのに！」

思っていたより長く話し込んでしまったようだ。

待たされた皐月姫はプンプンしている。

「ごめんね」

「山内がすっごく色んなこと知っててね、いっぱい話してくれたんだ」

皐月姫は私の袖《そで》をくいっと引っ張る。しゃがんだ私にこしょこしょと耳打ちした。

「あのね、内緒だけど、小春だけじゃなくて、山内もちょっとだけ母様みたい。アタシや父様の知らないこと、いっぱい知ってるの」

皐月姫はすっかり山内に懐《なつ》いた様子だ。面倒見がいい山内らしい。そして、皐月姫は気に入った相手に母の面影《おもかげ》を見るようだ。それは、私と山内が人間だからかもしれない。

「小春ちゃんがいない間に一通り中を見せてもらったよ。小春ちゃんも見たいだろう？　もう一回屋敷を回ろうか」

「あ、ううん、気にしないで」

「そうかい？」

「昌平くんたちが楽しかったならいいのよ」

私がそう言った時、皐月姫の足元からぎゅるるん、と音がした。麦のお腹が鳴ったのだ。

「……きゅうう」

麦が恥ずかしそうにもじもじしながら鳴く。皐月姫はプッと噴き出した。

「麦、お腹空《す》いたって」

「そうみたいね」

「妖《あやかし》の犬も腹が鳴るんだなぁ」

山内は声を上げて笑っている。私も麦に悪いと思いながら笑ってしまった。

「アタシもお腹空《す》いた」

「じゃあ、一度離れまで戻りましょうか？」

「そうだね。小狐に言えば何か出してくれるよ」

皐月姫もそう言ったが、山内は首を横に振った。

「せっかくここまで来たんだし、すぐに戻るのはもったいないじゃないか。ほら、そこに美味《うま》そうな桃があるんだし、これを食べるのはどうだ？」

山内はすぐ近くの木にたわわに実った桃を指差す。

麦は隠れ里に来てすぐに食べた桃の味を思い出したのか、口からポタポタ涎《よだれ》を零している。

「実り過ぎて落ちているくらいだし、少しいただいてもいいだろう」

山内は桃を人数分もいでそれぞれに渡した。

「はい、小春ちゃん、皐月姫ちゃん。それからおちびのお前さんもどうぞ」

麦の前にも桃を置く。麦はまた皮を剥《む》かずにそのまま齧《かじ》りついてしまった。

皐月姫は山内から手渡されたものの、食べ方が分からないらしい。桃をくるくる回し、困惑した様子で首を傾げた。

「ねー、桃ってどうやって食べるの？　麦は食べてるけど、この皮、毛が生えてて美《お》味《い》しくなさそう」

「貸してごらん」

山内は皐月姫の桃の皮を手で剝《む》き始めた。

「このくらい熟した桃なら、手で簡単に皮が剝《む》けるんだ」

「わ、すごい！」

「ほら、食べな。真ん中にでかい種があるから、そこは気を付けてな」

「ありがとう！」

昔と変わらず面倒見がいい。そう思っていると、山内は私に笑顔を向ける。

「皐月姫ちゃんって、なんだか鈴子《すずこ》ちゃんを思い出すんだよな」

「鈴子ちゃん？」

聞き覚えのない名前に私は首を傾げた。

「ああ、親方の娘さんだ。俺たちの二歳下だから皐月姫ちゃんみたいに幼くはないんだけど、お嬢さん育ちで、手先も不器用でさ、果物ナイフを持たせるのも危なっかしくて、いつも俺が果物を剝《む》いてやっていたんだ。妹が出来たみたいで可愛くて。あ、小春ちゃんのも剝《む》こうか？」

「いいえ。大丈夫よ」

私は自分で皮を剥《む》いて、齧《かじ》りついた。桃は柔らかで瑞々《みずみず》しく、そしてとても甘かった。指を濡らした桃の汁を拭こうとしたら、手拭いを取り出す前に、とっくに桃を食べ終えた麦にぺろぺろ舐《な》められてしまった。

「食いしん坊だな。ほら、俺の分をやるよ。桃の皮は剥《む》いた方が美味《うま》いぞ」

麦の旺盛《おうせい》な食欲に、山内は笑いながら自分の桃を与えた。山内に皮を剥《む》いてもらい、麦は喜んで食べている。

「んっきゅー！」

「美味《おい》しいねえ」

皐月姫もニコニコと頬を緩ませた。

「妖《あやかし》の隠れ里ってのはすごいな。桃の花と紅葉《こうよう》の両方を見ながら桃の実が食べられるんだから。鈴子ちゃんにも見せてやりたかったなぁ」

山内は桃を食べる皐月姫を眺めながらそう言った。きっと、皐月姫に鈴子を重ねているのだろう。

「最先端の洋館も見られたし、妖《あやかし》の隠れ里に来てから楽しいことばかりだ」

「そういえば昌平くんって、ここが妖《あやかし》の隠れ里だって言われて、すぐに信じていたわよね」

私は疑問だったことを尋ねた。いくら玄湖の尻尾《しっぽ》や皐月姫のツノを見たとしても、こっちが驚くほど素直に信じたと感じたからだ。

「んーまあな。昔のことだけど、俺も変わったものを見たことがあるんだ」

山内はポツポツと話し始める。

「大工の仕事で、古いお屋敷の修繕に行ったことがあってさ。旧家の立派なお屋敷だったよ。大黒柱は太くて立派だったし、欄間《らんま》は立派な龍の彫刻で。でも古いからあちこちガタがきていてね。一度家財は全部出して、そこの住人も作業が終わるまで近くに家を借りて暮らしていた。だから作業の間、大工の俺たち以外、屋敷には誰もいないはずなんだが、不思議と気配がするんだよ。誰もいない部屋で物音がしたり、地震でもないのに家が揺れたり。親方はよくあることだって言っていた。屋敷の神様がいるんだろうって」

「屋敷の神様……」

「古い道具に命が宿るって言うだろう？　付喪神《つくもがみ》って言うんだっけ。そういうことなんじゃないかな」

尾崎の狐屋敷も付喪神《つくもがみ》で、玄湖は屋敷神《やしきがみ》と呼んでいた。山内の修繕した屋敷も同じく屋敷神《やしきがみ》だったのかもしれない。

「それで、どうしたの？」

「どうもしないさ。作業は何ヶ月かやったけど、毎朝おはようございますって挨拶《あいさつ》して、帰る時にその日やった作業内容を屋敷の神様に聞こえるように話した。どれくらいで工事が終わって、いつ家の住人が戻って来るかとか、そういう話も。そうしたら安心したのか、だんだん変な物音は減っていったよ。俺が思うに、屋敷の神様だって不安だったんだろう。屋敷の修繕って、人間でいえば、医者からなんの説明もされずに治療をされるようなものじゃないのかな」

屋敷神《やしきがみ》も妖《あやかし》なら言葉は交わせなくとも、意思があってもおかしくない。不安や緊張でおかしな物音を立てていたのだとしたら、山内が話しかけたことで安心したのかもしれない。

「全部終わって、撤収の日に修繕が終わったことを屋敷の神様に説明したんだ。そうしたら、欄間《らんま》の龍の彫刻が動いたんだよ。大昔に一流の職人が彫ったらしい、緻密《ちみつ》で今にも動きそうな彫刻だった。それが本当に動いて、家を出た俺たちを屋根の上から見送っていたんだ。怖い感じはしなかったし、きっと感謝してたんだろうな。その話を人にすると、寝ぼけていたんだろうって笑われるけど、本当なんだ。小春ちゃんは信じてくれるか？」

「うん、もちろん」

私は頷いた。面倒見のいい山内らしい、温かな気分になる話だった。

「きっと世の中には、俺たちが気付いていないだけで人間以外にも色んなものがいるんだろうなって思ったんだ。それが神とか妖《あやかし》だっていうなら、どうせなら仲良くやっていきたいじゃないか。だからここが狐の隠れ里だって言われた時、信じようって思ったんだ」

山内はニッコリ笑って言った。

「そうね。私もそう思うわ」

「あ、そうそう！　その時の修繕で出た木屑《きくず》を少し貰って、お守り袋に入れておいたんだ。なんだか縁起が良さそうじゃないか？」

そう言いながら山内が胸元を探る。

「ちゃんとあったな。これだよ」

端切れで作ったらしい小さなお守り袋を取り出した。手作りらしいお守り袋には首に掛けるための長い紐《ひも》が付いていた。それにしても、せっかく綺麗な模様の布なのに、縫《ぬ》い目がガタガタだ。

「昌平くんって、縫《ぬ》い物は苦手なんだっけ？」

「いや、これは俺が作ったんじゃないよ。親方の娘さん、さっき言った鈴子ちゃんが作ってくれたんだ。あの子は不器用だから、指にいっぱい針を刺してさ。でも頑張って作ってくれたんだ……」

山内は微笑みながらそう言った。鈴子のことを語ると目が優しくなる。きっと鈴子のことをそれだけ大切に思っているのだろう。

「やっぱり、俺……何かを忘れているみたいだ」

ふいに、呟かれた言葉。

山内は視線をお守りに向けたまま、どこか遠くを見つめているような目をしていた。

それを見た私はドキッとした。山内は少しずつ記憶を思い出し始めている。だが自分が死んだことを思い出したら、山内の魂《たましい》は常世《とこよ》に向かってしまう。

話を変えなければ。私が咄嗟《とっさ》に思った時、皐月姫が山内の袖《そで》をグイッと引っ張った。

「ねえ、なんかその袋、変な匂いがする。うーん、水の匂い、みたいな？」

皐月姫は不思議そうな顔でそう言う。

「水の匂い？　どういう意味だろう」

山内もきょとんとしてお守り袋を嗅ぎ、首を傾げた。

「あ、そうだ。さっきもそんな匂いがしてたんだった」

山内を川から連れてくる時、皐月姫が不思議そうな顔をしていたのを思い出す。

「皐月姫、どういうこと？」

「んー分かんなぁい」

皐月姫はクワッと大きな欠伸《あくび》をした。

「眠いぃ」

ふにゃふにゃとした話し方で目を擦り、眠そうにむずかっている。

「腹いっぱいになって眠くなったんだろう。少し昼寝でもするか」

「んきゅう……」

皐月姫だけでなく麦も眠そうで、つぶらな瞳をシパシパさせている。

「このあたりなら寝転がっても痛くなさそうだぞ」

山内は下草がみっしりと生えていて、岩もなく平らになっている場所を指し示した。ちょうど緑の葉を生い茂らせた桃の木の陰になっているから眩《まぶ》しくもない。

風はそよそよとしており、隠れ里は暑くも寒くもない気候である。風邪を引くこともないだろう。皐月姫と麦は、ふかふかした草の上にゴロンと転がり、すぐに寝息を立て始めた。

「まあ、もう寝ちゃった。本当に眠かったのね」

「こんな陽気だし、昼寝がしたくなる気持ちは分かるよ」

山内も草の上に座り、心底気持ちよさそうに伸びをしている。

「昌平くんも寝たら？　少ししたら起こしてあげるわよ」

「いや、大丈夫だ。それよりちょっと話したいんだけど、いいか？」

山内は真剣な顔をして言った。

「ええ、いいけど。どうしたの、改まって？」

山内は隣に座るよう手で示した。私は少し距離を空《あ》けて腰を下ろす。

「あのさ……小春ちゃんのお父さん、亡くなったんだろう」

「ええ、半年くらい前に……」

「そうか……」

山内の声が沈む。

「じゃあ、小春ちゃん、今はどうしてるんだ？　小春ちゃんさ、お母さんも早くに亡くなっていただろう。お父さんも亡くなったのなら、女の子一人で苦労しているんじゃないかって心配なんだ」

「ええと……私……」

思わず言葉に詰まった。

私はもう玄湖と結婚している。しかし今は山内にそのことは話せない。下手《へた》に話して、死んだという記憶を思い出されるわけにはいかないのだ。

「こんな機会、もうないかもしれないから言っておく。大工の見習いになった頃さ、一人前になったら小春ちゃんを迎えに行こうって思っていたこともあったんだ。実は俺、小春ちゃんが初恋だったんだ。ガキの頃は、家も近所だし、大人になったら俺に嫁いできてくれないかなって思っていたんだぜ」

山内の健康的な肌がほんのり赤くなっている。

山内の冗談ではなく、本当の気持ちなのだと気付き、私は目を見開いた。

「だからさ……もしよければなんだけど……俺と結婚してくれないか？　あ、返事はすぐじゃなくていいんだ。頭の片隅にでも留めておいてくれよ。この妖《あやかし》の隠れ里から帰ったら考えてくれれば」

山内はそこまで言うと黙ってしまった。

隠れ里は静かで、互いの息をする音まで聞こえそうなほどだった。風で飛ばされた桃の花弁《はなびら》がはらりはらりと青空を舞っていく。その遠ざかる花弁《はなびら》を見ながら、瑰の言葉を思い出していた。

番《つがい》になれば山内の魂《たましい》を繫ぎ止め、この隠れ里に留まらせることが出来る、そう彼は言っていたのだ。

山内の気持ちは嬉しい。山内は大切な幼馴染《おさななじみ》で、出来るものなら救いたい。今の告白を受ければ、山内の魂《たましい》をこのまま繋ぎ止めることが出来るのかもしれない。

心臓がドクンドクンと音を立てている。私の決断一つで、山内を救える。

私は震える唇を開き――しかし言葉が出ないまま、口を閉じた。代わりに、手のひらをぎゅっと握りしめる。

この時、私の脳裏に過《よぎ》ったのは、玄湖のへらっとした微笑みだった。やっぱり、無理だ。私は玄湖の笑顔を失いたくない。たとえこの場限りの嘘だとしても、私は玄湖以外の手を取ることなんて出来ない。

山内を救いたいと言い出したのは私だ。身勝手なのは重々承知の上で、どうしても選べなかった。

心の内側が引っかかれたように痛い。これは罪悪感だ。喉の奥が苦しくて、楽になってしまいたいけれど私には許されない。

「しょ、昌平くん……」

「うん、ゆっくりでいいから。俺はいつまでだって待つよ」

山内は静かに微笑んで、私の答えを待っている。

「ありがとう……でも、ごめんなさい。私は昌平くんを選ぶことが出来ない」

もしも山内に告白されたのが、父が亡くなって間もない頃だったなら受けていたかもしれない――しかし、それはもう過ぎたことである。

私は玄湖に出会い、そして心から愛している。もう玄湖以外の人は選べない。そんな私が自分を偽って山内を選んだフリをしても、きっとすぐに露見してしまうだろう。

私に告白した山内の瞳は真剣だった。だから私も気持ちを正直に答えようと思った。今の私に出来るのは、それしかない。

「昌平くん……私ね、実は好きな人がいるの」

私は山内を真っ直ぐに見つめてそう言った。

「その人はちょっとだらしないところもあるけど、とても優しくて、一緒にいるとすごく楽しくて……」

「……そうだったのか」

「ええ……その人、妖《あやかし》なの。寿命も何も全然違うけど、それでも私は、その人とずっと一緒にいたいって思っているわ」

妖《あやかし》だと告げるのは少しだけ勇気がいった。それでも、本当のことを言いたい。玄湖のことが好きだと、胸を張りたいのだ。

山内は目をぱちくりさせていたが、合点《がてん》がいったように微笑んだ。

「もしかして、小春ちゃんの好きな人って、あの狐の兄さんじゃないか？　さっき俺にここのことを案内してくれた……」

「え、どうして分かったの⁉」

驚いて、私は熱くなった頬を押さえる。

「だって小春ちゃん、あの狐の兄さんのことチラチラ見てたし、それに狐の兄さんも小春ちゃんの背中を優しそうな目でじっと見てたよ。なるほどなぁ。驚いたけど納得したよ。知らない人のフリなんてしなくていいのにさ！」

山内は嬉しそうに笑った。

「えっと、だから……ごめんなさい」

私は深く頭を下げた。貴方を救うことが出来なくて、ごめんなさい。そんな気持ちを込めて。

なかなか顔を上げられない私の肩を、山内はトンッと小突いた。

「何言ってるんだ。謝らなくていいって！　振られたけどさ、それでも俺たちが幼馴染《おさななじみ》ってことは変わらないし。俺は小春ちゃんが幸せならそれでいいんだからさ」

「……ありがとう」

朗《ほが》らかに笑っている山内の姿に、彼と幼馴染《おさななじみ》でよかったと感じた。昔から山内はこんな風に朗《ほが》らかで優しい人だった。そして、そんな山内の魂《たましい》を現世《うつしよ》に戻してやりたいと、強くそう思ったのだった。


しばらくして、昼寝をしていた皐月姫が目を覚ましたのか、もそもそと動き出して、むくりと起き上がった。少しの間ボーッとしていたが、突然、大きな声を上げた。

「あーッ!!」

その声に眠っていた麦も飛び起きる。

「ど、どうしたの⁉」

「ない、ないのっ!」

皐月姫はキョロキョロと左右を見回す。顔からはザアッと血の気が引き、真っ青になっていた。

「鈴がないっ!」

皐月姫が帯留めにしていた鈴が帯締めごとなくなっていた。

「どこかに落としたんだ……」

皐月姫は震えながら、あちらこちらを見回している。しかしこの辺に、それらしいものは落ちていない。

「そんなに大事なものなんだね？」

山内は皐月姫にそう言った。皐月姫は今にも泣きそうな顔で頷いた。

「う、うん……母様に貰ったの。鈴が崖の下に落ちてたらどうしよう……」

「手分けして探そう。最後に鈴の音を聞いたのはいつだ。覚えていないか？」

「わ、分かんない」

皐月姫はふるふると首を横に振った。私は必死に記憶を手繰《たぐ》り寄せる。

「離れを出て、少し歩いたあたりまでは鈴の音がしていたはずだわ」

その後は覚えていない。吊り橋を渡った時も音がしなかった気がするが、そこまで意識していなかった。

「じゃあ、皐月姫ちゃんは洋館の中を見てきてくれ。俺たちは外を探そう。草むらや土の上に落ちたなら音がしないから。そういうところを重点的に探そう」

「ええ、分かったわ。ねぇ麦。匂いとか辿《たど》れたりしないかしら」

「きゅーん……」

麦は困った顔をしながらも、クンクンと周囲を嗅ぎ回り始めた。

私は膝を突いて、草むらを探る。

砂利道とその周囲を探し回り、結局吊り橋を再度渡って、離れの近くまで戻って来た。皐月姫は何も手に付かない様子でオロオロしている。

「ア、アタシ……もう一回吊り橋のところ見てくる」

「気を付けてね」

山内も麦も這《は》いつくばり、草むらに顔を突っ込んで鈴を探している。しばらく探したが一向に見つからなかった。

「皐月姫……なかなか戻ってこないけど、大丈夫かしら……」

鈴を探そうと吊り橋から下を覗き込んでいたら危険だ。そう思って私も吊り橋に向かう。その途中、砂利道から少し離れた草の中にキラッと光るものが見えた。

慌てて草をかき分けると、そこに皐月姫の鈴が落ちていた。帯締めが切れて、鈴ごと落ちてしまったようだ。

「あった！　皐月姫、あったわよ！」

「あったの⁉」

私がそう声をかけると、皐月姫はすごい勢いで駆け寄ってくる。私は少し汚れがついてしまった鈴を手拭いで綺麗に拭いてから皐月姫に手渡した。

「はい。見つかってよかったわ」

「う、うん……ありがと」

「ああ帯締めが切れちまったんだな」

「これ、どうしたらいいんだろう……」

切れた帯締めを手に、皐月姫は途方に暮れた顔をした。

「ちょっと貸してごらんよ。簡単にで良ければ直すから」

「直せるの⁉」

「結び直すくらいならな」

しかし、千切れてしまった帯締めは、結ぶのには長さが足りていない。

「ちょっと長さが足りない分は……これで代用しよう」

山内はさっきのお守り袋を取り出し、袋の紐《ひも》を引き抜いた。

「ほら、ちょうど色が似た感じだし、太さも同じくらいだ。繋ぎ目は帯の後ろで隠れるからこれと繋げよう。後でちゃんとした帯締めに付け替えたらいいよ」

「でも、それ、山内の大切なものでしょ？」

皐月姫がそう言うと、山内はニカッと笑った。

「お守りで大切なのは中身だよ。紐《ひも》じゃない。もっといえば、俺がこれをお守りにしようと決めた気持ち、それから俺のために袋を縫《ぬ》ってくれた鈴子ちゃんの気持ちが大切なのさ」

「えっと……よく分かんない……」

皐月姫は首を傾げている。そんな彼女に山内は微笑んだ。

「いつか分かるようになるさ。ほら、出来た」

山内はしっかりと結び直した帯締めを皐月姫に渡す。

皐月姫は帯締めを結び、嬉しそうに鈴を鳴らした。ちりりん、と澄んだ音がする。

「直った！　ありがとう！」

しかし、山内は食い入るように皐月姫の鈴を見ていた。

「――なあ、今その鈴から、女の子の声が聞こえなかったか？」

「え？」

皐月姫はきょとんとする。

私にも聞こえなかったし、麦も首を捻《ひね》っている。

「もう一度鳴らしてくれないか？」

「こう？」

皐月姫は再び鈴をちりりんと鳴らした。

「……やっぱり聞こえた。間違いない。鈴子ちゃんの声だ。俺を……呼んでる？」

山内は額を押さえる。

「俺、何か思い出さなきゃいけないことがあった気がするんだ。大事なことが……」

私は血の気が引いた。山内は少しずつ記憶を思い出し始めているのだ。

皐月姫もそれに気が付いたのだろう。目を大きく見開き、山内に飛び付いた。

「ね、ねえ山内！　アタシ、着物が汚れたから着替えたい！　ほら、ここにも砂ついてるもん！」

「あ、ああ、そうだな」

山内は皐月姫に揺さぶられ、虚をつかれたように目を瞬《しばたた》かせた。

「そうね。そろそろ夕方よ。暗くなる前に戻りましょう。暗くなってからだと吊り橋の近くは危ないものね」

「そうそう。それに、戻ったらきっとご馳走が待ってるよ。麦もお腹減ったって。ほら、早く早くー！」

私と皐月姫が矢継《やつ》ぎ早《ばや》に捲《まく》し立てると、山内は首を傾げながら苦笑した。

「二人とも、そんなに一気に言わないでくれよ。何を考えていたか分かんなくなっちまったじゃないか」

思い出しかけていたことが霧散《むさん》したようだ。皐月姫はホッと息を吐いていた。私も同様に安堵する。

そうしている間にも空が橙色《だいだいいろ》に染まっていった。私たちは日が沈む前に篠崎の本邸に戻ったのだった。

篠崎邸に戻ると、滞在していた妖《あやかし》の幾人かは既に帰ったと聞かされた。その空《あ》いた部屋に山内を泊められるように、小狐が準備をしてくれたそうだ。

私たちは一旦解散し、着替えてから広い座敷に集まって夕食になったが、妖《あやかし》の人数は昨日に比べてぐっと少ない。篠崎と玄湖も不在だった。小狐に尋ねると、この時間になってもまだ山内を現世《うつしよ》に戻す方法を探していると教えてくれた。

山内は、ご馳走に舌鼓《したつづみ》を打ち、周囲の妖《あやかし》から酒を振る舞われてご機嫌になっている。早々に酔い潰れて、小狐に用意された部屋へ運ばれていった。

私たちも食事を終え、各々《おのおの》の部屋に戻ることにした。

離れに戻ると、麦は疲れたようですぐに横になってしまう。

数時間が経過し、すっかり夜が更《ふ》けた頃、ようやく玄湖が戻って来た。いつも飄々《ひょうひょう》としている顔に疲れが滲《にじ》み出ている。

「おかえりなさい、玄湖さん」

「小春さん、こんな時間まで起きて待っていたのかい」

「玄湖さんが頑張って調べてくれているのに、私だけ寝るなんて出来ません。それより、お腹空《す》いていませんか？　おにぎりを作っておいたんです」

書庫に籠《こも》りっぱなしの玄湖が何も食べていないかもしれないと心配になり、小狐に頼んでおにぎりを作らせてもらったのだ。

玄湖はおにぎりを見て目を輝かせた。

「わあ、ありがたいよ。お腹ぺこぺこだったんだ」

「よかった。お茶を入れますね！」

海苔《のり》を巻いたおにぎりを三つと漬物をあっという間に平らげた玄湖は、はあっと満足そうな息を吐いた。私は空《から》になった玄湖の湯呑みにお茶を注《つ》ぐ。

「あの……書庫はどうでしたか？」

私は玄湖に山内の件を尋ねた。

しかし聞くまでもなく、眉根を寄せた玄湖の表情で察してしまう。

「ダメでしたか……」

「……うん、難しいね。今日確認した部分に、いい案は見つからなかったよ。でもまだまだ篠崎さんの記憶の記録は膨大にある。後は時間の問題だね」

「時間の方も厳しいかもしれません。昌平くん、さっきも何か忘れてるって言っていて。何か思い出しかけているのかも」

今日はなんとか誤魔化せたが、急に全部思い出してしまうこともあるかもしれない。

「時間か……」

玄湖は逡巡《しゅんじゅん》するように視線を彷徨《さまよ》わせている。心当たりがあるけれど、言いたくないという表情に見えた。おそらく、私が瑰から聞いた話について考えているのだろう。瑰は玄湖や篠崎も知っているはずだと言っていたのだから。

「あの、実は私、瑰さんから常世《とこよ》に行かせず、この隠れ里に魂《たましい》を留まらせる方法を聞いたんです。玄湖さんもそれを知っているんですね？」

私がそう言うと、玄湖は困ったように微笑した。

「そうか、聞いてしまったのか……。山内さんは魂《たましい》の状態だからね。ここに留まりたいという強い気持ちが必要なんだ。そして、ここの結び付きをいっそう強くするためには、相手が必要になってくる。人は魂《たましい》と魂《たましい》の絆《きずな》が一番強固なんだ……でもね——」

玄湖は片手で顔を覆《おお》う。

「——私はそれを小春さんに教えたくなかったんだ」

「玄湖さん……」

そんな態度の玄湖を私は初めて見た。玄湖はいつだって飄々《ひょうひょう》としていて、大らかで、周囲を明るく和《なご》ませていた。

「だって、小春さんはとても優しいのを知っている。このことを教えたら山内さんを助けるために、私ではなく彼を選ぶって言い出すんじゃないかって心配で……」

玄湖はいや、とかぶりを振った。

「本当は私がそうしてほしくなかったんだ。だって、山内さんは人間だ。人間同士、小春さんとお似合いだし、しかも幼馴染《おさななじみ》なんだろう。人助けだったとしても、妖《あやかし》の私じゃなく、やっぱり山内さんの方がいいと思うかもしれない。それが不安で……山内さんを助けるって言っておきながら、すまない……」

気付けば私は強く胸を押さえていた。

瑰や皐月姫から、人間は人間同士、妖《あやかし》は妖《あやかし》同士で結婚するべきだと言われるたび、胸が痛んだ。玄湖のためにはその方がいいのかもと、少しも考えなかったと言えば嘘になる。

そんな私と同じ迷いを、そして心の痛みを、玄湖も抱えていたのだ。

――私だけじゃなかった。

「ねえ、玄湖さん。顔を見せて」

玄湖が顔を覆《おお》ってしまった手に、私はそっと触れた。玄湖の顔から手がゆっくり外される。優しく垂れた目元で金色の瞳がいつもより潤《うる》んでいた。

「その話を聞いて、昌平くんを助けるためならって、一瞬考えました。でも、出来なかった。だって私は、玄湖さんが好きなんだもの。他の人との人生なんて考えられないくらい、玄湖さんが好き。そんな私では、昌平くんの魂《たましい》を繋ぎ止めることは出来ないと思います」

濡れて、いつもよりキラキラ光っている玄湖の瞳をじっと見つめて言った。

「玄湖さんと違って、私は人間で能力はないし、とても弱くて、寿命も短いです。でも、玄湖さんと一緒にいたい。寿命が短いからこそ、一緒にいる時間を大切にしたいって思っています。でも、玄湖さんはどうですか？　私が先に死んでしまうとしても一緒にいたいと思ってくれますか……」

玄湖の手の指先は冷たい。しかし、触れ合ううちに少しずつ温まり、同じ温度になっていくのを感じていた。

「私は小春さんが先に死んでしまうかもしれないって、なるべく考えないようにしてきた。いつか、小春さんの寿命がきてお別れするのも、それが嫌で今お別れするのも、私にとっては大差ないんだよ。だって——どっちも、身を引き裂かれるより辛いことじゃないか」

「玄湖さん……」

「それなら、お別れは今じゃない方がいい。だって、いつかくるお別れまでには、たくさんの喜びがあると思うんだ。だからそれまで、私の側にいてくれないか？　私だけじゃない。お重やお楽、南天と檜扇、それから麦もね。きっとみんな同じ気持ちだよ」

「……っ、はい！」

私が頷くと、玄湖は優しい目をして私の頬を撫でる。いつのまにか零れていた涙を拭ってくれたのだ。

「小春さん、大好きだよ」

玄湖にぎゅっと抱きしめられる。髪、それから背中を優しく撫でられて、私は目を閉じた。

しばらくして玄湖は体を離し、照れ隠しのように頬を掻きながら言った。

「……すっかり遅い時刻になっちゃったねえ。本当は、小春さんの寝顔を見たら書庫に戻ろうと思っていたんだけど」

「えっ、寝ないつもりですか？」

「だって、小春さんの大事な幼馴染《おさななじみ》の命がかかっているんだから、頑張らなきゃ。私ならちょっと寝なくても大丈夫さ」

「でも……少しくらいは休んでほしいです」

さっきおにぎりを食べるまで、飲まず食わずでいたのだろう。更に寝ないとなれば、いくら頑丈な妖《あやかし》だとしても体が心配になってしまう。

「それに……少しだけでいいから、側にいてほしくて……」

私がそう言うと、玄湖は顔を伏せてしまった。肩のあたりがふるふると震えている。

「く、玄湖さん？」

「こ、小春さんがあまりにも可愛過ぎて辛い……」

「もう、玄湖さんってば……」

玄湖はいつものヘラッとした笑顔を見せた。

「分かった。少しだけ休んでいくよ。それで小春さんが夢の世界に入るまでの間、隣で手を握っていてもいいかい？」

私は頷いた。

玄湖に手を握ってもらったまま横になる。

私は、おやすみ、と囁《ささや》く声に安心して目を閉じたのだった。

ドンドンドン、と激しい音に私は飛び起きた。

隣に玄湖はいない。私が寝ている間に書庫に向かったのだろう。

「小春っ！　小春ってば！」

皐月姫の声と共にまたドンドンと音がして、扉を叩かれたのだと気付く。私を呼ぶ声の様子に只事《ただごと》ではないと感じて、私は慌てて玄関扉を開けた。

「ど、どうしたの？」

外は朝靄が立ち込めている。朝食にはまだ早い刻限のようだ。そんな時間に皐月姫のこの様子は何かが起こったことを示していた。

皐月姫は青い顔で、目に涙を浮かべている。

「や、山内が外に出て行って戻らないって、小狐が」

「昌平くんが⁉」

「う、うん……匂いがするから、まだそのあたりにいると思うんだけど……」

「分かったわ。探しに行きましょう」

私は部屋にとって返し、大急ぎで着替えると、起きてきた麦を抱えて表に出た。

「小春さん！」

ちょうど玄湖がこちらへ駆けて来る。

「玄湖さん、昌平くんが……」

「うん。小狐から聞いた。朝日が出てすぐに散歩をするって小狐に言って、外に出たきりだそうだ」

皐月姫も不安そうな顔で頷いた。

「アタシ、山内が昨日思い出しかけてたのが心配で……朝になってすぐこっちに来たの。でも待ってても戻ってこないし」

私は皐月姫の小さな手を握る。

「皐月姫、最初に昌平くんを探した時みたいに、匂いで方向が分かる？」

「う、うん……多分、こっち」

「行きましょう！」

私たちは急ぎ足で皐月姫が指差した方へ向かった。

「昌平くん、思い出したのかしら」

私は足を止めずに言った。記憶を思い出しかけていた昨日の様子からして、あまり時間がないとは思っていたのだが。

「そうだとしたらまずいね。書庫で有効そうな記述があったんだけど、もう時間がないか……」

皐月姫は不安そうな面持《おもも》ちで呟く。

「山内……なんかね、水の匂いがしたの」

「水の匂い……？　それってどんな感じだい？」

「よく分かんない……でも山内じゃない匂いなの。うーん、あの化け蟹《がに》のおっちゃんとも違うし……」

会話をするうちに川沿いに辿《たど》り着いた。キョロキョロとあたりを見渡すが、山内の姿はない。

「こっち！」

皐月姫が川の上流に走っていく。ひょいひょいと岩から岩へ飛び移る皐月姫。私では追うことが難しい。そう思った時、玄湖が私を抱き上げた。

「小春さん、ちょっと失礼」

玄湖は私を抱いたまま、身軽に皐月姫の後を追っていく。私は麦を振り落とさないよう、しっかり抱えた。

「いた！」

皐月姫が足を止める。

山内がふらふらと川の上流へ向かって歩いている姿があった。寝ぼけているかのように、私たちに気付くことなく、ぼんやりと歩いている。ちょうど、皐月姫が流れ着いた山内を見つけた場所の付近だった。

玄湖に降ろしてもらい、私たちは山内の側に駆け寄った。

「山内！」

皐月姫は山内の袖《そで》をぐいっと引いた。

「あれっ、皐月姫ちゃん……？」

山内は我に返って、目をぱちくりとさせながらキョロキョロとあたりを見回した。

「俺、なんでこんなところに……」

「心配したんだよ！」

「あー悪い。俺、寝ぼけてたのかな。なんでだか分からないけど……こっちに用があった気がして……」

「も、もう山内ったら、びっくりしたじゃない。戻って朝ご飯にしようよ！」

皐月姫がホッとしたように胸に手を当てた。その拍子《ひょうし》に帯留めの鈴がちりんと音を立てる。

その音に山内の顔が強張《こわば》り、視線を川に向けていた。

「……どうしたの？」

「まただ。鈴子ちゃんの声がした」

ふらりと川の方に歩き出そうとして皐月姫に止められる。

「な、何も聞こえないよ！　気のせいだから！」

「で、でもさ、その鈴の音を聞くと、なんだか胸のあたりがモヤモヤするんだよ。忘れちゃいけないことがあるはずなんだ」

山内の袖《そで》を掴んだ皐月姫の手が、振り払われる。皐月姫は傷付いた顔で己の手のひらを見つめた。

「ごめん。いや、でも……川の方からも声が聞こえるんだ。鈴が鳴った時と同じ……鈴子ちゃんの声が……俺を呼んでる」

「ダメよ、あの川は危険なの！」

私は心臓が冷たくなるのを感じた。

川に行ってしまえば、もう終わりなのだ。

おそらく山内の魂《たましい》は常世《とこよ》に向かおうとしているのだろう。

「大丈夫だって。もう少し近くで川を眺めたいだけだから」

私が制止しても山内の足は止まらない。

「く、玄湖さん……」

玄湖に止めてもらおうとしたが、玄湖は訝《いぶか》しげに眉を寄せ、山内をじっと見ている。

「いや、行かせてみよう。川に落ちそうになったら私が止めるから」

玄湖がそう言うので私は頷いた。

私たちは川にふらふらと引き寄せられていく山内を後ろから追いかける。

山内は川に辿《たど》り着き、水面《みなも》を覗き込んだ。

「……やっぱり聞こえる。鈴子ちゃんだ……」

山内はさっきから同じ言葉を繰り返している。視線はサラサラと流れる水面《みなも》に釘付けだった。

「小春さん、鈴子さんというのは？」

玄湖に聞かれ、私は昨日山内から聞いた話を手早く説明した。

玄湖はふむ、と頷く。

「なるほど。鈴子さんは生きている人か。——山内さん、川から鈴子さんの声がするんだね？」

「ああ。なんだか泣いているみたいだ。鈴子ちゃんは泣き虫だから……戻って慰《なぐさ》めてやらなきゃ――」

　川をずっと見つめていた山内は、不意に顔を上げた。

「――違うな。俺が泣かせちゃったんだ、鈴子ちゃんを」

「しょ、昌平くん……もしかして、思い出したの？」

　私がそう尋ねると、山内はハッとした顔で私と玄湖の顔を見比べた。

「ああ、そうだった。小春ちゃん、その狐の兄さんと結婚したんだったよな。――そうだ、銀座で偶然会って、その話をしたんだ。あの時、小春ちゃんを誘おうとして、手を掴んじゃっただろう」

「う、うん」

「鈴子ちゃんの誕生日が近くてさ、あげるものを考えていたんだ。でも俺には女の子の好きそうなものが全然分からなくて、困っててさ。偶然会った小春ちゃんに聞いてみようと思ったんだ。だけど、小春ちゃんの手を掴んだところを鈴子ちゃんに見られていて、後で泣かれてしまって……」

　山内は困ったように微笑んだ。

「実は鈴子ちゃんにお見合いの話があるそうでさ。あの子、泣きながらお見合いするのは嫌だ、俺のことが好きだって言ったんだ。いつも臆病で泣き虫なのに、俺のこと真っ直ぐに見つめてさ。ほっぺを桃色に染めて、昨日の小春ちゃんみたいだった。それで、俺もようやく自分の気持ちに気付いたんだよ。俺が好きなのは鈴子ちゃんなんだって。ずっと妹みたいだって思っていたけど、俺は鈴子ちゃんのことが好きになっていたんだ」

山内は滔々《とうとう》と語る。

「でも俺はまだ下っ端《したっぱ》だ。そんな俺が親方の娘さんと結婚するのは難しい。だから、そう——とにかく仕事を頑張って親方に認められようって、無茶して……」

そこからは私でも容易に想像がついた。苦いものが込み上げてくる。

山内は俯《うつむ》いたまま、目を見開いた。

「——ああ、そうだ。俺は……屋根から落ちたんだ。それで体を打って……俺、死んだのか」

山内は静かにそう言った。

「馬鹿だなぁ、俺。鈴子ちゃんを一番泣かせることしちまったんだ」

山内はとうとう全て思い出してしまった。

そのせいなのだろうか、足元から薄《うっす》らと透け始めた。

「山内……全部思い出しちゃったんだね。常世《とこよ》に行くんだよ。いいの？」

「そりゃあいいはずないよ。出来ることなら生きていたいっ……！」

山内の拳《こぶし》は白くなるほど強く握りしめられていた。力の入った肩が微かに震えている。口調はいつもの優しい山内のままだったが、きっと本心は嵐のように乱れているのだろう。

「それなら、ここに残りなよ！　残りたいって強く思えば、ずっとここにいられるんだから。美味《おい》しいもの食べて、のんびり遊んで――」

皐月姫は泣きそうな顔で山内に縋《すが》る。しかし、山内は悲しげに微笑んだ。

「でも、ここには鈴子ちゃんがいない。鈴子ちゃんを泣かせちゃうなら、妖《あやかし》の隠れ里にずっといるのも、死んでしまうのも、俺にとってはそんなに変わらないんだよ」

「やだぁ……行かないでよ……」

「ごめんな、皐月姫ちゃん。楽しかったよ」

山内は透けた手でくしゃくしゃと髪を掻き乱すように皐月姫の頭を撫でた。

「常世《とこよ》に行かなくていい方法があるよ！」

皐月姫は必死な声でそう言い、山内の前に通せんぼするように立ち塞がった。

「小春と結婚してここに残ればいい！」

皐月姫の赤い瞳に涙が溜まっていた。きっと、出ていったという母親のことが頭にあるのだろう。

「あのね、父様が言ってたの。小春と結婚して、ここにいたいって強く思ったら、ずっとここにいられるんだって。いいじゃない。そうしたら、山内も小春もずっとアタシの側にいてくれるでしょ？」

皐月姫は私に目を向けた。懇願するような目だった。

「小春、お願い。山内と結婚するって言って！」

「ごめんなさい。私では無理よ。私は玄湖さんと結婚しているの。昌平くんにも鈴子さんという存在がいる。それでは魂《たましい》を繋ぎ止めることは出来ないわ」

皐月姫はそれでも引こうとしない。

「こ、小春がダメなら……アタシでもいいよ。アタシ、子供だけど、すぐに大きくなるもん！」

山内は再び皐月姫の頭を撫でる。

「皐月姫ちゃん。その言葉は取っておきな。いつか皐月姫ちゃんにも大事な人が現れるからさ。俺、小春ちゃんに好きな人がいるって話聞いて、俺にも大事な人がいた気がするって思ったんだ。真っ直ぐに俺のことだけ見つめてくれた子がさ。それでやっと鈴子ちゃんを思い出せたんだ。もう鈴子ちゃんに会えないとしても最後にちゃんと思い出せてよかったよ」

　山内は幸せそうに笑った。

　皐月姫は顔をくしゃくしゃにして、泣きそうなのをギリギリ堪《こら》えている。

「小春ちゃん、ガキの頃みたいに話せて嬉しかった。玄湖さん、小春ちゃんをよろしくお願いします。皐月姫ちゃん、元気で……」

　だんだん山内の体が透けて、体の中心あたりに光の球が輝いていた。きっと、その光る球が魂《たましい》なのだ。仮初《かりそめ》の体が役割を終えて消えると、魂《たましい》はこのまま川を流れて常《とこ》世《よ》へ向かうのだろう。

　そう思った瞬間、皐月姫がハッと顔を上げた。

「――また、水の匂いがする」

「え……？」

「そこから」

　皐月姫の指差した場所をよく見ると、さっきまで山内が立っていた場所にお守り袋が落ちていた。

「やっぱり！」

　弾かれたように玄湖が言った。

「え、どういうことですか」

「皐月姫が言っていた水の匂いだよ！　正しくは水に関連する妖《あやかし》の匂いなんだ！」

お守り袋を見ると、そこから煙のようなものが立ち上っていた。その煙は次第に何かの形を作っていく。

「さっき、有効そうな記述があったと言っただろう？　山内さんは、現世《うつしよ》にいる鈴子さんとの間に強い魂《たましい》の結び付きがあるんだ。命綱みたいに、山内さんをギリギリ現《うつし》世《よ》に繋ぎ留めてくれている。だったら、魂《たましい》を川に逆流させて現世《うつしよ》に戻せばいい。でも滝があるし、泳げる水の妖《あやかし》じゃなきゃ無理だ。狐や鬼では不可能だし、戻す役目も山内さんと縁がある水の妖《あやかし》じゃないといけなかった。多分、山内さんが持ち込んだそのお守り袋は、水の妖《あやかし》と縁があるもののはずだ」

お守り袋も山内の体同様に消えかけていたが、中身は消えていなかった。透けた袋から見えるのは木屑《きくず》のようなもの。

「でも、中身は水に関係するものって感じじゃないな」

「昌平くんの話だと、不思議なことが起きた屋敷を修繕した時に出た木屑《きくず》だそうです。屋敷には龍の欄間《らんま》があったと言っていました」

「屋敷……ということは屋敷神《やしきがみ》かな。水の妖《あやかし》じゃないけれど、龍という水の妖《あやかし》を模していたのだとすれば……」それに、木屑《きくず》とはいえ、屋敷神《やしきがみ》の一部だ。魂《たましい》だけの山内さんと違い、一部分だけでも妖《あやかし》としてこの隠れ里に来ていたのだとすれば……」

「や、山内……助かるってこと?」

「可能性はある」

　皐月姫は今にも泣きそうだった目を大きく見開いた。

　立ち上った煙はいつの間にか龍の姿になっていた。小さく、陽炎《かげろう》のように霞《かす》んでいる。強風が吹いたら掻き消えてしまいそうだ。きっと、ほんの少量の木屑《きくず》しかなかったからだろう。しかし、その龍の瞳はとても力強く煌《きら》めいていた。

「貴方と山内さんの間にも絆《きずな》があるんだね」

　玄湖は優しい声で龍に話しかけた。

「山内さんを頼みます。無事に現世《うつしょ》に戻れるよう、私の妖力を少しお分けしよう」

　玄湖がそう言い、龍に触れる。

　龍は何も言わないが、さっきより少し大きく、色も濃くなった。

　そうこうしているうちに、山内の姿は完全に消え、その場に光の球だけがゆらゆらとしていた。

　龍は山内の光の球——魂《たましい》を口に咥《くわ》える。そのまま身を翻《ひるがえ》し、川にトプンと入った。

「ど、どうしよう……山内が食べられちゃった！」

驚いた皐月姫の言葉に私は首を横に振る。

「違うわ。大丈夫よ。ほら、見て――」

龍は光る球を咥《くわ》えたまま川の流れに逆らって泳ぎ出す。弱々しい陽炎《かげろう》のような姿で、激しい川の流れに必死に抗《あらが》っている。そのまま少しずつ、龍は上流へと向かっていくのが見えた。

私たちは川の流れに逆らい続ける龍を、固唾《かたず》を呑んで見送った。

「山内……間に合うかな……ちゃんと生き返れるかな」

「ええ、きっと大丈夫よ！」

そう信じて、私は川を遡《さかのぼ》っていく龍に大きく手を振った。

七章

「……行っちゃったね」

皐月姫は水面《みなも》を見ながらポツリと呟いた。

もうどこにも龍の姿はない。

川は何事もなかったかのようにサラサラ流れている。

「やっぱり、人間ってあっけない」

皐月姫はどこか呆然としているように見えた。慰《なぐさ》めるように麦が手を舐《な》めるのにも無反応だ。

「でも、きっと無事に現世《うつしょ》に戻ったはずよ」

「だといいけどさ。ううん、山内だけじゃない。みんないなくなっちゃう。小春も、玄湖様も麦も……近いうちに帰っちゃうんでしょ」

「そうね。屋敷の修繕が終わったら——」

私がそう言いかけた瞬間、皐月姫の帯締めが揺らいだのが見えた。

「あっ——」

山内が繋ぎ直してくれた紐《ひも》がフッと消える。あの紐《ひも》は、山内のお守り袋の紐《ひも》だった。山内がこの隠れ里に存在するための仮初《かりそめ》の体が完全に消えてしまったことで、身に着けていたお守り袋の紐《ひも》も最初からなかったように消えてしまった。

皐月姫の帯締めは再び切れた状態に戻り、帯留めの鈴が落下した。

コトン、チリンと音を立て、落ちた鈴が転がる先は——常世《とこよ》に向かう川だった。

「あっ、鈴が！」

皐月姫は血相を変えて鈴を拾おうと手を伸ばす。しかし鈴は無情にも皐月姫の手をすり抜けた。

「危ないッ！」

私は今にも川に落ちそうな皐月姫を、後ろから抱きかかえるようにその場に留める。玄湖も同様に皐月姫を庇《かば》い、私もろとも川に落ちないように支えてくれた。

岩に当たりコツンと跳ね、鈴は川の水面《みなも》に呑み込まれてしまった。小さな鈴は浮かぶこともなく見えなくなる。

「い、いやあああああ！」

皐月姫は叫び声を上げてもがいた。

「皐月姫、落ち着くんだ！」

「アタシにはもうあれしかないのにっ！」

鬼である皐月姫は幼い姿でありながら、私と玄湖、それから巨大化した麦を引き摺ってしまえるほど力が強い。ジリジリと引き摺られて川に近付いていく。

「いやだあああっ！　鈴がっ……離して！　早く探さなきゃ……母様が……アタシを見つけてくれないっ！」

皐月姫は手をブンブン振り回す。その勢いで麦が弾き飛ばされ、その場にゴロンゴロンと転がった。元の大きさに戻り、目を回してその場にポテッと落ちる。

「きゅうぅ……」

「く、玄湖さん、このままじゃ川に落ちちゃう！」

「これ以上川の近くで暴れたら危ない。一旦縛って落ち着かせよう！」

玄湖は足元の草を千切り、皐月姫目掛けてふうっと息をかけた。すると、草は一瞬で縄になり、皐月姫の体にぐるぐると巻き付き、縛り上げた。皐月姫はその場に崩れ落ちる。

「離してよぉっ！　アタシの鈴があっ！」

「皐月姫、ごめんよ。でも鬼の君でも川に落ちたらただじゃすまないんだ」

尚も暴れる皐月姫に玄湖がそう言った時、ズンッと地面が揺れた。地震ではない。覚えのある地響き。

「おい、何をして――」

瑰だった。皐月姫の異常を感知してやって来たのだろう。来るにしてもタイミングが悪過ぎる。

瑰は、縛られ川辺に倒れ伏している皐月姫を見てカッと目を見開く。

「尾崎……貴様ッ！」

激しい怒りを滲《にじ》ませた大声が響く。

「瑰さん、違うんです。これは川に入りそうな皐月姫を止めようとしただけで――」

しかし瑰には、私の言葉などもう耳に入らない様子だった。

「我が娘に……よくも乱暴してくれたな……」

ぐるるる、と喉を鳴らす様は猛獣のようだった。

みるみる巨大化した肉体は真っ赤に染まり、筋肉が瘤《こぶ》のように隆起する。

「殺してやるッ！」

繰り出した拳《こぶし》が玄湖に向かってきた。

「誤解だって、落ち着いて話を聞いてくれ！」

玄湖はそう言いながらさっと避けたが、瑰の拳《こぶし》は後ろにあった巨大な岩にめり込んだ。轟音《ごうおん》と共に岩に放射状のヒビが入る。しかし拳《こぶし》は無傷のようだった。鬼の力の強大さにゾッとする。

「と、父様……」

岩を砕く轟音《ごうおん》に、縛られた皐月姫が顔を上げる。

「ち、違うのっ……！」

皐月姫はようやく我に返り、瑰にそう言ったが、興奮状態の瑰の耳には入らないようだった。

「ダメだ。父様、全然聞こえてない！」

「完全に頭に血が上《のぼ》ってしまっているね。前みたいに頭を冷やさせなきゃ」

玄湖が素早く印を組み、術を発しようとしたところに、瑰が突っ込んできた。玄湖はギリギリのところでそれを躱《かわ》したが、ドガンと岩を砕く音と共に、巨大な石に大きな亀裂が走った。みるみるうちにビシッビシッと音を立てて割れていく。

鋭利な形をした破片が、今にも地面に落ちそうにぐらつく。その下には――縛られたままの皐月姫がいた。

身を庇《かば》うことが出来ない皐月姫の上に岩の破片が降り注《そそ》ぐ。

「危ないっ！」

私は咄嗟《とっさ》に皐月姫に覆《おお》いかぶさった。バラバラと落ちてきた石が後頭部や背中に当たる。尖った破片が掠めたのか、腕にピリッとした痛みが走った。皮膚が裂けたのかもしれない。

「血が……小春さんによくも……」

聞いたことがないほど低く、怒りを滲《にじ》ませた玄湖の声。ハッとして顔を上げると、玄湖の周りに陽炎《かげろう》のようなものが揺らめき、立ち上《のぼ》るのが見えた。

「玄湖さん、待って！　私は大丈夫だから！」

「父様！」

しかし、目を金色に光らせた玄湖にも、真っ赤に染まった瑰にも、私や皐月姫の声が届いていない。

「貴様も、その女も……娘を傷付ける者は許さない。引き裂いて殺してやる……」

「瑰……お前こそ、小春さんを傷付けて、腕の一本や二本くらいは覚悟しているんだろうな」

これ以上は喧嘩どころではない。個人同士の争いではなく、以前、玄湖自身が口にしたような、狐と鬼の一族同士が争うことになりかねなかった。

どうにかして止めなきゃ——そう思った瞬間、こちらに向かって走ってくる足音が聞こえた。篠崎だろうか。それなら二人を止めてくれるかもと考えた時、洋装の女性が目に飛び込んできた。私とそう変わらない年頃の黒髪の女性だ。

彼女は臨戦態勢の玄湖と瑰を見ても臆することなく——それどころか瑰に飛び蹴りを炸裂《さくれつ》させたのだった。

（えっ……嘘、蹴ったの⁉）

バキッと鈍い音が響く。

「瑰ッ！　何してるのよアンタッ！」

私はハッと目を見開く。私はその声を知っていた。

この場所で絶対に聞くはずがないと思っていた声――そして、皐月姫に似ている声。

「紫……先輩……？」

いや、皐月姫の方が紫先輩に似ていたのだとすれば。

そもそも、瑰の妻はユカリという名前だと言っていたではないか。そして皐月姫を見て、自然と思い出してしまうほど似ている人。

「か……母様の声だ……」

皐月姫が私の下から這《は》い出して呆然と呟いた。

こちらを振り返った顔を見れば、間違いなく紫本人だった。

「嘘っ、小春ちゃん⁉　怪我してるじゃない！」

紫は目を丸くした。

「アンタたち、いい加減にしなさいっ！　女の子に怪我をさせるなんて！　ほら、早く手当を――」

指示を飛ばす紫の声。ばつの悪そうな瑰と、目を丸くして佇《たたず》む玄湖の姿が私の霞《かす》んだ視界に映った。

もう大丈夫だ。そう思った途端、石が当たった場所が痛み出す。

張り詰めた糸が切れたように、私は意識を手放した。


「あ、小春ちゃん、目が覚めた？」

目を開けると、紫が寝ている私を覗き込んでいた。真っ直ぐな黒髪がサラリと揺れる。あの頃と違うのは、長かった黒髪が、今は顎《あご》のあたりで切り揃えられていることくらいだ。

「紫先輩……」

私は目を見開く。夢でも幻《まぼろし》でもない。

紫はニコッと笑った。

「そうだよ。久しぶりだね、小春ちゃん」

どうやら離れの一室に寝かされていたようだ。

「怪我は小狐が手当してくれたけど、痛むようならそのまま寝てていいからね」

「いえ、起きます。あ、皐月姫は⁉ それから玄湖さんと瑰さん……」

起き上がろうとして、右腕にズキッと痛みが走る。それでも彼らの無事な顔を見なければ気が済まない。左腕で重い体を支えた。

「まったく、小春ちゃんは強情なんだから」

紫はそう言いながら、私が体を起こすのを手伝ってくれた。

「皐月なら隣に寝ているよ。ホッとして疲れが出たみたい」

私のすぐ横で皐月姫が眠っていた。私が寝かされている布団の端を掴み、すうすうと穏やかな寝息を立てている。

「あ、あの、皐月姫に怪我は」

「うん、大丈夫だった。小春ちゃんが咄嗟《とっさ》に皐月を庇《かば》ってくれたおかげだよ」

「……良かった」

紫は姿勢を正し、私に頭を下げた。

「小春ちゃん、皐月を守ってくれてありがとう。おかげで怪我もなく、川に落ちることもなかった。なのに怪我をさせてしまって、申し訳ない」

「そ、そんな、頭を下げないでください！　私は平気です。……それより、玄湖さんは……」

それなら、と紫は部屋の隅を指し示す。

部屋の隅に玄湖と瑰が並んで正座していた。その横にちょこんと麦も座っている。

「喧嘩した男二人に反省させているの。まったくもう、すぐ頭に血が上《のぼ》るんだから」

「め、面目《めんぼく》ない」

玄湖はそう言い、瑰は体を縮めて頭を下げた。

「特に瑰は反省してちょうだいね！　あたしが間に合ったから良かったものの、一歩間違えたら大変なことになっていたわ」

「あ、あの……どうして紫先輩はここに？」

紫がいなければ怒り狂った瑰を止められず、大変なことになっていただろう。それにしても、現れたタイミングが良過ぎた気がする。

「これだよ」

紫は鈴を取り出した。それは、皐月姫が川に落としてしまったものに間違いない。

「その鈴！　どうして……」

「まあ、話せば長くなるんだけど……あたしは銀座の近くで写真撮影の仕事をしているんだ。それで、お見合い写真を撮る仕事があったんだけど」

「紫先輩、写真のお仕事をしているんですか⁉」

思いがけない言葉に私は目を瞬《しばたた》かせた。

「まだ駆け出しだけどね。依頼人のお宅に行ったら、お嬢さんが嫌がってお見合いがなくなったって聞かされて。それで写真を撮る必要がなくなったんだけど、その時にこの鈴を渡されたの」

「鈴を……？」

「なんでもね、お嬢さんの思い人が事故で意識不明になってたんだけど、ちょうど今朝方、目が覚めたそうなのよ。この鈴は、その人がいつも持っているお守り袋の中に入っていたんですって。その人、私を見るなり、貴方に渡した方がいい気がするって言ってね」

「そ、その依頼人のお嬢さんって鈴子さんというお名前では……」

「ええ、そうよ。知り合い？」

「い、いえ……直接の知り合いではありません。実は今朝まで、この隠れ里にその意識不明だった人が来ていたんです」

私は山内のこと、皐月姫が鈴を川に落としてしまったことを説明した。矢継《やつ》ぎ早《ばや》に言葉を繰り出す間も、胸の中は喜びに溢《あふ》れていた。

あの龍の姿をした屋敷神《やしきがみ》が山内を現世《うつしよ》に戻してくれたのだ。

「目が覚めて……本当に良かった……！」

「屋根から落ちたそうなのよ。でもね、あちこち打ったみたいなのに、全然どこにも怪我をしてないし、目が覚めてすぐに歩けるくらい元気だったわ」

「きっと、屋敷神《やしきがみ》の龍が守ってくれたんだろう」

一緒に話を聞いていた玄湖は微笑んでそう言った。

「でも、どうしてお守り袋に鈴が入っていたのかしらね」

紫は首を傾げる。確かに、山内と龍が消えた後、しばらくして鈴が川に落ちたはずだ。

「理由は分かりませんが……昌平くんらしいです」

山内は鈴がなくなった時、皐月姫の大切な鈴と知って、一生懸命探してくれた。そんな彼から紫の手に鈴が戻ったなんて、奇跡のようだった。

もしかすると、この鈴も付喪神《つくもがみ》になりかけているのかもしれない。大切にされてきたものには意思が宿る気がしていた。山内を救ってくれた屋敷神《やしきがみ》のように。

「この鈴が帰りたいと思って、それが昌平くんに通じたのかもしれません」

「そうかもね。この鈴、あたしが皐月にあげたものだから……受け取った時になんだか嫌な予感がしてね。あたしが人間の世界に戻った後、瑰と皐月が隠れ里に行ったってことは知り合いの狐から聞いていたから、その狐に頼んで隠れ里への出入り口を使わせてもらったのよ。なんにせよ、間に合って良かったわ」

鈴は紫の手の上でチリリンと澄んだ音を立てた。

「んんー……」

その音に反応したのか、皐月姫はむずかりながら、ゆっくり目を開いた。

「母様……？」

皐月姫は紫を見つけて目をまん丸にした。丸い頬をきゅっとつねる。

「……痛い。夢じゃないんだよね……」

「そうよ。皐月……会いたかったわ」

紫は優しく微笑んだ。私と話している時とは違う、慈愛に満ち溢《あふ》れた母親の顔だった。

「でも、母様……アタシを捨てて出て行ったって、父様が言って……。お願い、もう出て行かないで！」

そう言って皐月姫は母親にしっかりとしがみついた。

「……は？」

紫の笑顔がビキッと凍り付き、たちまち般若《はんにゃ》の面のようになる。室温が二、三度冷えたような気がして背筋がゾッとする。玄湖も同様にブルッと震えたのが見えた。

紫は首をギギギギと動かして、部屋の隅で正座している塊に顔を向けた。

「……ちょっと瑰、どういうこと？　あたし、仕事に行くって言ったわよね？」

大柄な体を縮こまらせていた瑰はますます小さくなる。顔だけは無表情のままだが、この夫婦は完全に紫が瑰を尻に敷いているようだ。

「一度戻ったら人間の世界が楽しくなって、もう戻ってこないかもしれないと……そう思ってしまった」

「まあ瑰、あたしったら心配かけてごめんなさい——とでも言うと思った⁉　ふざけるんじゃないわよっ！」

紫は瑰をギロッと睨《にら》み、瑰はますます縮こまる。いや、私たちまで肝が冷えるような声である。玄湖も驚いて尻尾《しっぽ》をピンと立てた。

「すまない……もう俺が嫌になったのかと……」

「そんなわけないじゃない、この朴念仁《ぼくねんじん》！　まったく後で覚えてなさいよっ！」

紫は胸にしがみつく皐月姫を抱きしめ返した。

「あたしが人間の世界に戻ったのは、写真家になるっていう子供の頃からの夢を叶えるためでもあったけど、それだけじゃないわ。いつか皐月が人間の世界を知りたいって思うかもしれない。その時に、あっちで働いていたら人間の世界に関して教えたり、援助したり出来るでしょう」

「母様……！　本当にアタシを捨てたんじゃないのね？」

「もちろんよ。仕事が忙しい時は、今回みたいに少し留守にすることもあるかもしれない。でもちゃんと皐月のところに帰ってくるわ」

「母様ぁ……」

皐月姫はわぁんと泣き出した。それはこれまでの癇癪《かんしゃく》を起こしたような泣き方とは違う、嬉し泣きなのだと私には分かった。

「それに、いつか二人目や三人目を授かるかもしれないでしょう。皐月は鬼の血が強いけど、次はあたしに似るかもしれないもの。そうしたら人間の世界に生活基盤があった方がいいでしょ？　瑰ったら、本当に頭が固いんだから。やっぱりあたしが一緒にいてあげないとダメね」

「あ、ああ……そうだな」

紫の言葉に瑰は顔を赤くした。さっきのような鬼としての赤い肌ではなく、照れているのだ。微笑ましさに私まで笑顔になる。

「いやあ、強い奥さんだねぇ。さっきもあの状態の瑰さんに飛び蹴りするとは思わなかったよ。匂いからして鬼の妖《あやかし》の血が混じっていると見たけど」

「ええ、そうですよ。って言っても、先祖にいたらしいってくらいで、あたしには特に実感もないんです。妖《あやかし》の力も何も使えないし、あたしの飛び蹴りくらいじゃ瑰は痛くも痒《かゆ》くもないでしょう」

玄湖の言葉に紫はそう返した。

しかし瑰は無言で眉を寄せている。実際は痛かったのだろう。あの飛び蹴りは凄《すさ》まじい音がしていたのだから。

「そうだったんですね。私、紫先輩の事情も、嫁ぎ先も全然知らなくて……」

「まあねえ、実は鬼の血筋で……なんて言えないじゃない。でも、あたしこそ驚いたわ。まさか小春ちゃんが狐の妖《あやかし》にお嫁入りしてたなんて。小春ちゃんはとってもいい子だから、素敵なご縁があったのね」

紫は昔憧れていた時のままの笑顔を見せてくれた。私は嬉しくなって頷く。

「ああ。小春さんはとっても働き者で、優しくて、勇気のある素敵な人だ。自慢の花嫁さんだよ」

「玄湖さん、お目が高いわ。あたしの自慢の後輩だもの。小春ちゃんは体を張って皐月を守ろうとしてくれたし。怒った瑰を目《ま》の当たりにしながらも皐月を守ろうって動けるのはすごいことよ」

「そうだよ。小春ったらね、化け蟹《がに》のおっちゃんに怒鳴って勝っちゃったんだから。

母様と同じくらい格好いいのよ！」

三人からいっぺんにそう言われ、私の頬がカーッと熱くなる。

「も、もう分かったから、やめてくださいっ！」

私が慌ててそう言うと、紫と皐月姫はクスクス笑い、玄湖は尻尾《しっぽ》をパタパタ揺らした。

「……その、俺からも言わせてほしい」

ずっと黙っていた瑰が口を開く。正座をしたまま私の方を向いた。

「小春殿。この度はご迷惑をおかけして、申し訳なかった」

そうして深々と頭を下げる。

「そ、そんな。頭を上げてください！」

「怪我をさせてしまったのは俺のせいだ。尾崎も……すまなかった」

「瑰さんが怒った気持ちも分かるよ。小春さんが怪我したのを見た時は、私もカッとなってしまったもの。私の方からも謝罪するよ」

「ああ。三年前のこともそうだ。俺はずっと尾崎の謝罪を受け入れず、頑《かたく》なな態度を取っていた。重ね重ねすまなかった」

「じゃあこれで、めでたく和解ということで」

瑰は頷く。

「それから小春殿、今後も紫や皐月姫と仲良くしてくれると嬉しい」

「うん。あたしは鬼の血を引いているって言ってもほとんど人間と変わらないし、妖《あやかし》に嫁いだ人間の嫁同士、友人としてこれからも仲良くしましょうね！」

「はい。もちろんです！」

連絡先を交換し、私は憧れだった先輩を友人と呼べるようになったことが嬉しくて微笑んだ。

腕の傷は妖《あやかし》の薬のおかげで次の日にはすっかり塞がった。後頭部や背中の痛みもほとんどない。あと二、三日もすれば傷痕《あと》も綺麗に消えると小狐のお墨付きを貰った。

私と玄湖は母家《おもや》にある篠崎の部屋に行った。篠崎は書庫を開く術で、山内を救う方法を探してくれていたのだ。

「篠崎さん、色々と本当にありがとうございました」

「いや、私は何もしていない。それに、山内氏が無事に戻れたのならそれに越したことはないだろう。瑰とも和解したようだしな。玄湖、お前はあまり怒りっぽくはないけれど、小春さんのこととなると別なようだね」

玄湖は首をすくめる。

「……そりゃあ、小春さんが傷付けられちゃ、私だって平静ではいられないさ」

「いや、怒っているわけではない。玄湖が怒りを我慢出来なくなるほど大切な相手に出会えたことが、私には喜ばしいんだよ」

玄湖の耳が赤く染まる。隣の私も顔が熱い。

「小春さん、玄湖は貴方のおかげで良い方に変わったと思っている。これからも玄湖をよろしく頼むよ」

「は、はい！」

「ふふ、まさか口ばかりでちっとも反省しなかった、あの玄湖がねえ……」

「もう、いいじゃないか！」

玄湖は恥ずかしくなったのか、慌てて話を変えた。

「そ、そういえば、瑰さんも篠崎さんに相談があって訪問していたそうだけど。相談ってなんだったんだい？」

「夫婦喧嘩の仲裁だよ。そちらも私がやらずに済んで助かった。夫婦喧嘩というのは犬どころか狐も食わないものだからね」

篠崎は穏やかに微笑む。

確かにその通りで、私たちも顔を見合わせて微笑んだ。

「それから、尾崎の屋敷も修繕が進んでいる。明日にでも終わるだろう。小狐の報告によると、屋敷神《やしきがみ》の結界に綻《ほころ》びがあったようだね。おそらく、玄湖が仕事を怠《なま》けている時期に力の弱まった箇所が穴になってしまったのだろう。きちんと反省しなさい」

「分かってるってば。小春さんの安全のためにも、これからは真面目にやるって。でも、そのせいで野良の妖《あやかし》が屋敷に迷い込んできていたわけか」

「……どうも、その綻《ほころ》びが妙なほど大きな穴になっていたそうだ」

「妙なほど……？」

私は首を傾げた。

「理由は分からない。だが、そのせいで屋敷に注《そそ》いだ妖力が変な場所で滞《とどこお》ってしまっていたようだね。勝手に増築をするのはそれが原因だったのだろう。あの場所は他と違って特に不安定だから、そういうことがあるのかもしれないが。一応、穴は塞いだが、もし気になるのならもう少し調査を続けよう。その間は、この隠れ里にいてくれて構わないが……」

「いやあ、修繕が終わったなら帰るよ。ね、小春さん」

「そうですね。屋敷神《やしきがみ》が待っているでしょうし」

私は頷く。妖《あやかし》の隠れ里は居心地がいいが、私たちの帰る場所は、あの二重門のある尾崎の狐屋敷なのだから。

「篠崎さん、お世話になりました。こちらも素敵な場所ですが、そろそろ屋敷のみんなに会いたくなってしまいました」

「うん、私も同意見だ。お重のご飯が食べたいよ」

「そうか。まあ、すぐに来られるのだから、またいつでも来るといい。その時には全員で泊まれる広い離れを用意しよう」

「ありがとうございます！」

「そうだねえ。次は本でも持ってきて、ゆっくり読書でもして……」

「まあ、玄湖さんってば。それじゃ家と同じじゃないですか」

「玄湖、次に来た時は屋敷の修繕費用の分、私の手伝いをしてもらうから、そのつもりでいるように」

そんなぁ、と肩を落とす玄湖に、篠崎はニヤッと笑いかけたのだった。

そして次の日。屋敷の修繕が終わり、隠れ里で過ごす最後の日だ。

「なんだかあっという間だった気がしますね」

持ってきた荷物を纏《まと》めると帰り支度は終わってしまった。

「そうだねえ。あ、そうだ。帰る前に瑰さんたちにも挨拶《あいさつ》しないとね。今から行こうか」

「はい！」

私たちは吊り橋を渡り、洋館へ向かった。

洋館の立派な外観を初めて見た玄湖は、目を丸くして仰ぎ見た。

「立派な建物だねえ。部屋の数もたくさんあるみたいだし、次に来た時はここに泊めてもらおうか？」

「それもいいんですが、本邸に行くたびにあの吊り橋を渡らなければならないと思うと……ちょっと」

「ああ、確かにねぇ」

玄湖とそんなやり取りをしていると、二階の窓がバンッと開いた。

「あっ、やっぱり小春と玄湖様だ！」

窓からひょっこり皐月姫が顔を出した。

「あら、小春ちゃん。上がっていらっしゃいよ」

皐月姫の後ろで紫も手を振っている。

玄関を開けると、つるりと滑りそうな大理石の床、高い天井《てんじょう》には大きなシャンデリアが飾られている。ホール奥にある階段の踊り場も、ダンスを踊れそうなほど広い。

「小春、玄湖様、アタシが案内してあげる！」

張り切った皐月姫に手を引かれて室内を見せてもらった。篠崎の本邸も素晴らしかったが、こちらの洋館は外国に来てしまったかと錯覚するほどだ。

「中も素敵ですね」

「そうでしょう。あたしの写真館もこんな風ならお客さんがじゃんじゃん来るのにな あ。そうだ、小春ちゃん、あたしカメラ持ってきているんだけど、写真撮らない？ 玄湖さんと二人でさ。この洋館なら外でも中でも素敵な写真が撮れるわよ」

「えっ、あの……」

「あ、ごめんごめん。無理にとは言わないからね！」

紫は慌てて手を振った。私はこれまで紫の誘いに乗ったことがない。きっと、紫もそれを覚えているのだろう。

「あの……私たち、これから帰るので……。で、でも、今度改めて写真を撮ってもらいたいです！　か、家族全員の写真を――あっ、私ったら玄湖さんの了承も得ずにすみません！」

「いいんじゃないかな。家族みんなで写真を撮るってのも。ああ、もちろん仕事として依頼するよ」

紫は一瞬ポカンとしてから、大輪の花が咲いたような笑みを浮かべた。

「ええ、是非！　あたし、小春ちゃんが自分のしたいことを言ってくれて、すごく嬉しいわ」

「紫先輩。学生時代は何回も誘ってくれて、ありがとうございました。誘ってもらえるのが嬉しくて、でもなかなか一歩が踏み出せなくて……。こ、今度一緒にカフェーに行きましょう！　次は、私から誘いますからっ！」

「うん、もちろん」

紫は学生の時と変わらない顔で微笑んだ。

「でも、もう学生じゃないんだから、先輩はないんじゃない？」

「あ、そうでした。……紫さん」

私と紫は互いに微笑み、しっかりと握手を交わした。

「ねえ、小春……帰っちゃうの？」

皐月姫は紫の後ろにくっついて私を見上げる。

「ええ。屋敷の修繕が終わったから。今度、遊びに来てちょうだいね。麦と一緒に待っているわ。うちには男の子だけど、とっても元気な人形の付喪神《つくもがみ》が二人もいるのよ。あの子たちとも、きっと仲良くなれると思うわ」

「それなんだけどね、瑰と皐月も鬼の一族の屋敷から出て、人間の世界で一緒に住もうかって話をしているのよ」

「そうしたら、玄湖様のお家に遊びに行けるし、また山内にも会えるかな」

私は微笑んで皐月姫に頷いた。

「ずっとではなく、行ったり来たりするつもりだ。紫の仕事が忙しい時期に皐月姫に寂しい思いをさせるくらいなら、いっそ俺と皐月姫も紫についていこうと思ってな」

「まったくもう、自分が寂しいくせして」

紫は笑い声を上げ、瑰はばつが悪そうに目を逸らす。

「父様と母様ね、とっても仲良しなの。もしかしたら弟か妹が出来るかも。……それでね、アタシ、小春と玄湖様に謝ろうと思って。人間は人間同士、妖《あやかし》は妖《あやかし》同士で結婚すればいいなんて、ひどいこと言ってごめんなさい」

皐月姫は神妙な顔をして頭を下げた。

「玄湖様のことも諦める。父様から小春を守ろうとしてる玄湖様を見て、小春と玄湖様は本当に想い合ってるって分かっちゃったんだもん。あーあ、アタシの運命の人だと思ったのになあ」

「すまないね。私の運命の人は小春さんって、もう決めちゃったからさ」

なんでもない口調でなんて恥ずかしいことを言うのだろう。私は玄湖の言葉に顔が熱くなってしまった。

「うん。だから、アタシも人間の世界でアタシだけの運命の人を探す！」

両手を組み、目をキラキラさせる皐月姫とは裏腹に、瑰は苦虫を噛み潰したような顔をした。

「そ、そんなに急いで嫁に行くことはないぞ、皐月姫」

「瑰さんって、子煩悩というかなんというか……」

玄湖は苦笑している。

「フン、尾崎には、『お父さんと結婚する』と一度も言われたことのない父親の気持ちなど分かるまい」

瑰は玄湖に向かってボソッとそう言い、それを聞いた紫は大笑いした。

「やだ！　そんなことを気にしていたの⁉」

「気にするに決まっているだろう」

「まったく、あたしが結婚してあげたんだから、それで満足してよね！」

「それはそれ、これはこれなんだ！」

紫と瑰は言い合っている。仲睦まじいことだと私たちは生温い視線を送った。

「まったくもう、父様ったら子供みたいなんだから！」

皐月姫にまで呆れた声でそう言われてしまい、瑰はがっくりと項垂《うなだ》れ、紫はまた笑った。

「ああ、そうそう。小春ちゃんにこれをあげようと思って」

ひとしきり笑った紫は、私に使い込んだ風合いの手鏡を渡してきた。手のひらに収まるくらいの銀色の手鏡である。鏡の面がやや青みがかっていて、不思議な反射をしている。

「瑰と皐月が迷惑かけたお詫びというか……。これね、雲外鏡《うんがいきょう》っていって妖《あやかし》の正体を見破る特別な鏡なのよ」

「そ、そんな貴重な品物をいただくわけには……！」

「いいのよ。私はもう使ってないし、遠慮なく受け取って。おすすめの使い方は、普通のお皿に付喪神《つくもがみ》のお皿が紛れちゃった時ね。まあ、お守りみたいなものかしら」

「……じゃあ、ありがたくいただきますね」

私は紫から手鏡を受け取る。

紫たちに別れの挨拶《あいさつ》を済ませ、再度篠崎や小狐たちに挨拶《あいさつ》をして、私たちは帰路についたのだった。

八章

隠れ里へ行くのは一瞬だったが、帰りもまた一瞬だった。

鳥居をくぐると、懐《なつ》かしさを感じる薄暗い松林に出る。松の独特な匂いが混じる空気を胸いっぱいに吸い込んだ。

「きゅわぁ……」

玄湖に抱かれた麦は大口を開けて欠伸《あくび》をしている。

「おや、麦は眠そうだね」

「帰るギリギリまで皐月姫と遊んでいたものね。疲れたのかしら」

とはいえ、私も軽い疲れを感じていた。しかし嫌な疲労感ではない。隠れ里で過ごした数日はびっくりするほど濃密な時間だった。

「楽しかったですね」

私は玄湖に笑いかける。私たちの絆《きずな》もいっそう深まったと感じていた。

「うん。篠崎さんも喜んでいたしねえ。たまには爺《じじい》孝行してやらなきゃね」

鳥居の前で立ち止まってそんな話をしていると、突然ドンッと何かがぶつかる音がした。

私は音に驚いてそちらを向く。玄湖の背後で南天と檜扇が尻餅をつき、揃って目を回していた。私たちが戻って来たすぐ後に彼らも戻り、鳥居の前に立っていた玄湖の背中にぶつかって跳ね返されたようだ。

「いったーい！　玄湖邪魔だよ！」

「いったーい！　鳥居の前を塞がないで！」

「ごめんごめん。ちょうどお前たちも帰ってきたのかい」

二人は立ち上がり、お尻を払いながら、やいのやいのと玄湖に文句を言っている。

大丈夫かと尋ねると「平気！」と元気よく声を揃えた。怪我はないようだ。

「玄湖さんは、背中大丈夫ですか？」

「うん。尻尾《しっぽ》にぶつかられてビックリしただけさ」

南天と檜扇はプクッと頬を膨らませる。

「修行の成果出てないね」

「強くなったはずなのにね」

そう言って力瘤《ちからこぶ》を作るように腕を持ち上げた。残念ながら、ほっそりした腕のまだ。玄湖はそれを見てカラカラと笑った。

「数日でうんと強くなったりはしないさ。信田さんに教えてもらったことを、時間のある時に何度も復習したらいいよ」

「数日ぶりに二人に会えて嬉しいわ。一緒に帰りましょう。信田さんのところでどんな修行をしたの？　楽しかった？」

私がそう尋ねると、唇を尖らせていた二人はコロッと機嫌を直し、口々に語り出す。

私はそれをうんうんと聞きながら帰路を歩いた。

あと少しで屋敷に着くという分かれ道で、今度はお重とお楽にばったり出くわした。

「あらまあ、旦那様に小春奥様！」

「帰宅の時間もまったく同じだったのですね……」

こちらもちょうど帰宅途中だったようだ。

屋敷の手入れが終わったことは玄湖が妖《あやかし》の術でみんなに伝えたそうだが、時間を示し合わせたわけではないのに、不思議なほど偶然が続くものだ。みんなに早く会いたいと思っていたから、そんな偶然もなんだか嬉しい。

「偶然ね。南天と檜扇とも鳥居のところでちょうど会ったのよ。一緒に帰りましょう。温泉はどうだった？」

「とてもいい湯でねえ。骨休めになりましたよ！」

「楽も……ゆっくり温泉を楽しみました。ふふふ、また若返ってしまったかもしれません……」

二人とも、その言葉通り頬が艶々《つやつや》している。

「食事もお酒も美味《おい》しくて。作らず味わうだけというのも、たまにはいいですねえ」

「小春奥様のお土産《みやげ》に、肌が潤《うるお》うという化粧水を買って参りました」

「温泉まんじゅうもありますからね！」

「わあ、楽しみね」

話しているとあっという間に屋敷に着いてしまった。二つ門と川を越え、数日ぶりの我が家である。

「篠崎さんの小狐が屋敷をしっかり直してくれたよ。これで、変な妖《あやかし》が家の中に入り込むことはなくなった。小春さんも安心だろう」

「もう出ないと思うとホッとします」

「まあ、庭のスイカツラみたいに、屋敷の外をウロウロするやつはこれからもいるかもしれないが、南天と檜扇が見回りをしてくれるだろう?」

「もちろん!」

「任せて!」

南天と檜扇は拳《こぶし》を振り上げてやる気を出している。

そんな二人を微笑ましく思いながら玄関扉を開けた。

全員が一斉に帰ってくると広い玄関も狭くなってしまう。もたもたせずにさっさと上がってしまおうと私は履物を脱いで上がる。数歩歩いて振り返った。

玄関から聞こえる家族みんなの賑《にぎ》やかな声に、帰ってきたことを実感する。元気いっぱいの南天と檜扇の声。お重とお楽はまた楽しそうに小突き合っている。それから麦に――私の大切な旦那様の玄湖。

「ふふ、おかえりなさい」

そう言うと、みんなは口々にただいまと言ってくれる。それが嬉しい。

「小春さんもおかえり」

玄湖は優しい目をして私にそう言った。

「あっそうよね。ただいま、みんな」

　みんなからおかえりの言葉と、弾けるような笑顔に迎えられ、私は微笑んだ。

　ここが私の大切な居場所なのだ。

　胸の奥に温かな光が灯《とも》ったような気がした。


　私は旅の荷物を部屋に置き、居間に向かった。屋敷は小狐が手入れをしてくれたそうだが、見た目には特に変化はない。

「屋敷神《やしきがみ》、ただいま。手入れが終わって良かったわね。結界に空《あ》いていた穴も塞いだそうよ。これでもう安心ね」

　私は艶々《つやつや》した飴《あめ》色の柱を撫でながら言った。

　ふと、山内のことを思い出した。彼も私と同じように、龍の屋敷神《やしきがみ》に声をかけていたのだろう。

「さてと、お茶を淹《い》れますね。みんなで温泉まんじゅうを食べましょう」

「そうだねえ。南天、檜扇、窓を開けておくれ。留守にしていたから少し風を通そう」

　南天と檜扇は、はぁいと返事し、回り廊下の掃き出し窓に手をかける。

「あれ、開かないよ」

「あれ、おかしいね」

しかし南天と檜扇は揃って首を傾げた。

「開かない？　そんなはずはないだろう」

「手入れをしてくれた小狐が鍵を固く締めちゃったのかしら？」

私はお茶を用意しようとしていた手を止め、玄湖と共に窓に向かおうとした。

その瞬間――ドンッと突き上げるように屋敷が揺れた。

「きゃあっ⁉」

しかもただ揺れただけではない。突然、回り廊下の床板がぐんにゃりと柔らかくなり、足が沈み込む。生温かく、人の肌を踏んだかのような感触だ。しかも激しく波打っていて立っていられない。

「何これ、揺れてるよ！」

「何これ、おかしいよ！」

南天と檜扇、それから麦が、ぐにゃぐにゃと歪《ゆが》む回り廊下で驚愕《きょうがく》の表情をしていた。

転びそうになった私の肩を玄湖がガシッと掴んで支えてくれる。

「く、玄湖さんっ！」

「ダメだ。みんな、一旦家から出よう！」

「は、はい」

私は玄湖にしがみつき、やっとのことで歩く。あと少しで玄関前の廊下だ。そう思った時、目の前の光景に私は息を呑んだ。

廊下が長くなっている。玄関までの距離が異様に遠く、ガラスの引き戸から入ってくる外の光がひどく弱々しく感じる。

「ダメだ、旦那様！」

「扉が開きません……！」

私たちより先に玄関に着いていたお重とお楽が、二人がかりで開けようとしているが、玄関の引き戸はピクリともしない。

「私がこじ開けるから、前を開けておくれ！」

「は、はいっ！」

玄湖の言葉にお重とお楽は扉前を開け、玄関の壁に張り付いた。

「小春さん、ちょっと抱えるよ」

玄湖は片手で私をひょいっと抱え上げ、そのまま颯爽《さっそう》と玄関に向かって走る。しかし、あとちょっとのところで、突然目の前にドンッと壁が出現した。玄湖は慌てて足を止める。

「くそっ！」

玄湖が強く叩いても壁がぐにゃっと歪《ゆが》むだけで、穴が開く気配もない。

「お重！　お楽！」

「あたしらは大丈夫です！」

「だ、旦那様は小春奥様を……！」

お重とお楽の声が、少しずつ遠ざかっている。私と玄湖がぐにゃぐにゃと動く床によって屋敷の奥に運ばれているようだ。

気が付けば内装がそれまでいた玄関前の廊下ではなくなっていた。床は畳《たたみ》、左右に襖《ふすま》がある部屋である。そこまで来てようやく床はぐにゃぐにゃ波打つのをやめた。

「く、玄湖さん、どうしましょう。み、みんなが――」

「大丈夫」

玄湖は優しい声で私に囁《ささや》いてから、壁の向こうにいるみんなに聞こえるよう、声を張り上げた。

「聞いておくれ、みんな。危ないことはせず外を目指すんだ。きっとどこか、外に出られる場所があるはずだ。出たら鳥居に向かって篠崎さんに助けを求めるんだ。いいね？」

各々《おのおの》の返事が聞こえる。全員無事のようだ。

その声にホッとしたものの、まだ安心は出来ない状況である。自然と手が震えてきた。

玄湖は抱えていた私をそっと下ろし、背中を撫でる。

「小春さん、手を繋いでいよう。離れ離れになったら困るからね」

私は頷いて、差し出された玄湖の手を握った。玄湖の温かい手にようやく震えが止まる。

そうすると周囲をちゃんと見ることが出来るようになった。

私と玄湖がいるのは回り廊下に面していない行灯《あんどん》部屋だった。窓がないため、本来なら昼でも真っ暗なはずである。それなのに明るいのは、消えていたはずの行灯《あんどん》が灯《とも》っているせいだ。真っ暗でないのはありがたいが、ゆらゆらと揺らめく炎は余計に恐ろしさを醸《かも》し出していた。

「いつのまにこんな部屋に……一体何があったんでしょう」

「こんなことが出来るのは屋敷神《やしきがみ》の仕業《しわざ》に違いない」

玄湖が壁を強く押すと、ぐにゃっと歪《ゆが》む。私も同意見だった。

「修繕が上手《うま》くいかなかったのでしょうか……」

「いや、篠崎さんの小狐だ。そんな失敗はしないはずさ」

「じゃあ、どうして……」

玄湖は少し考え込む。

「篠崎さんが言っていたことに関係があるのかもしれない」

「確か、屋敷の結界に妙なほど大きな穴が空《あ》いていたって……」

「うん。でも、修繕してすぐに穴が空《あ》くなんて考えられない。きっと別の要因があるんだろう」

そう言いながら、玄湖は左右の襖《ふすま》に手をかけるが開かない。奥の一枚だけが開き、隣の部屋に続いていた。

「よかった。他の部屋に移動は出来るね」

「私たちも外に向かいますか？　それとも、誰かと合流出来る方へ向かった方がいいのかしら」

玄湖は顎《あご》に手を当て、少し考え込んでから言った。

「うーん。むしろ奥に向かおうと思うんだ。屋敷神《やしきがみ》になんらかの問題が発生してこんなことが起きたのか、屋敷神《やしきがみ》が自分の意思でこんな現象を引き起こしたのか、はっきりしない。でも、屋敷の一番奥には屋敷神《やしきがみ》の領域がある。そこに行けば原因が分かるはずさ」

「一番奥……あの牡丹の間でしょうか」

「おそらくね。まずそこに行って原因を突き止めよう。最悪、屋敷を壊さなきゃいけないかもしれないけど……」

「あの、それはなるべく避ける方向でお願い出来ませんか」

付喪神《つくもがみ》も生きているのだから壊すのは可哀想だ。

「きっと何か理由があると思うんです」

「そうだねえ。とりあえず今は攻撃してくる感じでもないしね」

そう言ってもらえて私はホッとした。

「小春さんは優しいね」

「そんなことないですよ。私、結構怒りっぽいし……」

「それもよーく知ってる」

玄湖はクスクスと笑いまじりにそう言った。私も玄湖の軽口に微笑む。玄湖はこうやって雰囲気を明るくしてくれるのだ。

「ただね、私は小春さんの安全を一番に考えている。小春さんの命が危ないと判断した時は……分かってほしい」

玄湖は金色の目で真っ直ぐ私を見つめた。

「そうならないように頑張りましょう！」

「うん、そうだね」

私たちは屋敷の奥を目指して歩き出した。隣の部屋も床や壁がぐにゃぐにゃ歪《ゆが》んでいる。さっきのように波打ってどこかに連れていかれることはないが、壁や床は柔らかく、そして体温と同じくらいの温かさがあった。大きな化け物に食べられてしまったお話を思い出して、少し不気味な気がしてしまう。

それから、私たちはひたすら探し回り、もう幾つ目か分からなくなった部屋の中を歩いていた。

部屋の中を右往左往し、ようやく開く襖《ふすま》を見つけても、開けたら土壁になっていることもある。かと思えば試しに捲《めく》ってみた掛け軸の裏が別の部屋に続いていたりする。

「どこも開かない。こっちの部屋はハズレみたいだ」

襖《ふすま》を開けてようやく部屋を見つけても、そこからどこにも繋がっていない行き止まりの部屋もあった。

「めちゃくちゃだねえ。まるで迷宮だよ。同じような部屋がどれだけあるか分かったものじゃない」

「ええ……部屋の数がすごく増えている気がします。元々の屋敷でも、外から見る大きさと内側の部屋の数が全然合っていませんでしたよね」

「うん。それがひどくなった感じだね。元々、屋敷の内側は異空間になっているんだ。今は更に部屋の数が増えて、部屋同士がめちゃくちゃに繋がってしまっている。これは時間がかかりそうだ。あまり長くなると小春さんの体力が心配だな」

「あの、玄湖さん、気付いたことがあるんです」

私は幾つかの部屋を見て、思い付いたことを玄湖に話した。

「屋敷の中はめちゃくちゃに見えて、法則がある気がします。元々あった部屋と部屋はどこかしらで繋がっているんです。どこにも繋がっていない部屋は、屋敷神《やしきがみ》がたった今作った部屋なんじゃないかしら」

「なるほど、そういう部屋は行き止まりなわけか！」

「ええ。元々あった部屋は覚えていますから見分けられます」

私は全ての部屋を把握しているわけではないが、新しい部屋が出来たら間取りを確認し、掃除をしていたのでなんとなく記憶しているのだ。

「よく覚えているねえ。ぱっと見じゃ、全然違いがなさそうだけど」

私は柱にある特徴的な木目を指差した。

「ほら、こういうので見分けが付くんです。内部がおかしくなっても柱や天井《てんじょう》の木目は変わらないでしょう。間取りが同じ部屋でも、木目は全て違いますし、何かしら特徴を見つけて書き付けていましたから」

書き付けた紙を持っていなかっただろうか。私は懐《ふところ》を探る。

「……あ、隠れ里に出かけるから、部屋に置いてきたんでした」

あればヒントになったかもしれないのに。

「いやいや、小春さんが元の部屋を覚えているってだけですごく助かるよ！」

「すみません……」

私はガックリと肩を落とす。その拍子《ひょうし》に懐《ふところ》に仕舞っていた手鏡がコトンと落ちた。

「あっ、紫さんに貰った鏡を入れていたんだったわ」

私は慌てて手鏡を拾い上げる。鏡面に傷が付いていないか傾けて見ていたが、あることに気が付いて声を上げた。

「玄湖さん！　見てください！」

鏡には、ちょうど襖《ふすま》が映り込んでいる。その内の一枚だけがほんのりと光っているのだ。しかし、直接見ても光っているようには見えない。

「ほら、鏡で映すとあの襖《ふすま》だけ違うんです」

「開けてみよう」

玄湖はその襖《ふすま》を開ける。すると別の部屋に繋がっていた。

「もしかして、この鏡で周囲を映したら、進むべき道が分かるんじゃないかしら」

「……その鏡、雲外鏡《うんがいきょう》だね。妖《あやかし》の正体を見破るってことは屋敷神《やしきがみ》にも有効なのか。小春さん、やるじゃないか！」

玄湖が弾んだ声を出した。

「いえ、たまたま紫さんから貰ったものですし、映したのも偶然で……」

「偶然にしろ、その鏡を肌身離さず持っていて、映してみたのも小春さんだ。これで奥に向かうのに時間短縮になるよ！」

「じゃあ、玄湖さんがこの鏡を持っていてください」

「いーや、それは小春さんが持っていた方がいい。絶対に手から離さないようにね」

「は、はい」

私は手鏡をしっかり握り、もう片方の手で玄湖の手を握った。

相変わらずどの部屋もぐにゃぐにゃしていて、壁や床が生温かい。歩き回っていることもあって、少し暑く感じる。しかし、雲外鏡《うんがいきょう》のおかげで迷宮のような屋敷内でも、迷わず道を選ぶことが出来るので心強い。

屋敷の中とは思えないほど歩いてくたびれきった頃、ようやく牡丹の間の前に辿《たど》り着いた。

色鮮やかな襖絵《ふすまえ》の牡丹は、絵とは思えないほど生々しい。今にも香りが漂《ただよ》ってきそうだし、花弁《はなびら》に落ちた露《つゆ》も本物の水滴のように光っている。

玄湖は、私の手を握っていない手で襖《ふすま》の引き手に手をかける。しかし襖《ふすま》は開かずにガタゴトと音を立てた。

「開かないですね」

「うーん、でも力を入れたら開きそうな感じがするんだよね。両手で引っ張ってみていいかな」

「はい」

私は握っていた玄湖の手を離した。

玄湖は両手で引き手に力を込める。わずかに隙間が開くのが見えた。

(あと少し――)

そう思ったところで、不意に手首に何かが触れた。

「え?」

何もない。それでも私の勘違いではない。手首が誰かに握られているような感触がする。私は雲外鏡《うんがいきょう》で手首を映した。

「――ッ！」

鏡に映っていたのは、小さな手。子供のような手が私の手首を握っている。咄嗟《とっさ》に振り払おうとすると手首を握る力が強まった。

「く、玄湖さ――ッ！」

玄湖を呼ぼうとした瞬間、手首を強く引っ張られ、牡丹の襖絵《ふすまえ》の方に引き寄せられた。

踏ん張る力より、引っ張る力の方がずっと強い。

そのまま数歩引き摺られて襖《ふすま》にぶつかりそうになった。私は目をぎゅっと閉じる。

しかしいつまで経っても衝撃がやってこない。気付くと、手首から握られているような感触が消え、私はおそるおそる目を開いた。

「何……ここ……」

そこは真っ白な空間だった。天井《てんじょう》も地面も白く、境目ですら果てが分からない。そこに薄紅色《うすべにいろ》の牡丹が咲き乱れていた。大ぶりで八重《やえ》の花弁《はなびら》が壮麗な牡丹の花である。さっきまで見ていた牡丹の襖絵《ふすまえ》にそっくりだ。この空間には牡丹以外はないようだが、時折、空中にチラチラと万華鏡《まんげきょう》の中身のような破片が浮かび、虹色に煌《きら》めいていた。息を呑むほど美しいけれど、この世界にはあり得ない光景だと感じた。しかし以前、似た雰囲気の光景を見たことがあったと思い出す。

「——彼方《あちら》と此方《こちら》が混ざったあの川の中みたい……」

私は一度、屋敷の門と門の間を流れるあの川に突き落とされたことがある。空中に現れるキラキラした破片は、その時見たものに似ている気がした。違いは牡丹が咲き乱れていることくらいだろうか。

「ど、どうしたら玄湖さんのところに戻れるかしら……」

キョロキョロとあたりを見回すが、誰もいない。チラチラ浮かぶ破片を覗き込むと、お重とお楽が映った。

「お重！　お楽！」

二人はぐにゃぐにゃ歪《ゆが》んだ床を歩き回り、見つけた掃き出し窓を二人がかりで開けようと試みているが、開かない様子だ。

別の破片には麦が映っていた。麦は玄関扉を破るつもりなのか、巨大化して何度も扉にぶつかっている。しかしぶつかるたびにぐにゃっと柔らかくなる扉を破ることが出来ないようだ。はあはあと荒い息をついて疲れた様子で元の大きさに戻り、丸まって休んでいる。

「じゃあ……南天と檜扇、それから玄湖さんも……」

他に映っている破片がないか、あちこち探す。

「いた！」

南天と檜扇は互いの手をしっかり握り合い、襖《ふすま》や障子《しょうじ》などを片っ端から開けていっているのが見えた。さっきの私と玄湖と同じようなことをしているのだ。

玄関付近で分断されてしまった彼ら全員が無事であることに、まずはホッとした。

玄湖の映っている破片も見つけた。玄湖は私がいなくなったことに気付いたらしい。牡丹の間の周辺を探し回っている。声は聞こえないが、私の名前を呼んでいるようだ。きっとひどく心配をかけてしまっている。

「戻らなきゃ……」

「――どうやって？」

そんな声が聞こえた。澄んだ柔らかい、少女のような声。

私は慌てて周囲を見回すが、姿は見えない。

「そ、その声……前にも聞こえた……」

少し前、家の中で、誰もいないのに物音や声が聞こえたことがあった。その時は途切れ途切れで、なんと言っているのかよく聞き取れなかった声が、今はハッキリ聞こえた。

「貴方……屋敷神《やしきがみ》なのよね?」

隠れ里に向かう日、行かないでと言っていた声。あれはやっぱり屋敷神《やしきがみ》の声だったのだ。

「屋敷の中をめちゃくちゃにしたのも貴方なの? お願い、屋敷を元に戻して」

「いやじゃ」

キッパリとそう言われた。その声はすぐ近くから聞こえるが、姿は見えないままだ。

「ねえ、貴方はどこにいるの?」

「屋敷神《やしきがみ》はずっとそなたの目の前にいるではないか」

澄んだ少女の声が不機嫌そうに低くなる。

咲き乱れていた薄紅色《うすべにいろ》の牡丹がザアッと音を立て、茶色く枯《か》れて地面にポトリ、ポトリと落ちた。今度は風で舞い上がり、カサカサに枯《か》れた牡丹の花弁《はなびら》が私の体にピシッと当たる。手や頬にも当たったが、痛みはない。脅《おど》しのつもりで傷付ける意図ではないのだろう。

「そうだったわね。私たち、貴方の中に住んでいるんだもの。ずっと側にいたってことよね」

「そなた……屋敷神《やしきがみ》が怖くないのか」

戸惑っているような声が聞こえて私は微笑んだ。

「だって屋敷神《やしきがみ》でしょう」

屋敷神《やしきがみ》は物音を立てたり、揺らしたりすることはあったが、それ以上のことはしてこなかった。相手に悪意があれば、いくらただの人間でしかない私でも分かるのだ。

屋敷神《やしきがみ》からは、悪意を感じない。今の花弁《はなびら》だって全然痛くなかった。

屋敷神《やしきがみ》の声が少女であるせいか、皐月姫を思い出した。拗《す》ねたり、不機嫌になったりしている女の子。そう思うと可愛く感じて、つい微笑んでしまう。

「私、今まで貴方の声がちょっとしか聞こえなかったから、話が出来て嬉しいの」

「……おかしな人間じゃ」

「そうかしら」

枯《か》れた牡丹の花はみるみるうちに蕾《つぼみ》となり、再び薄紅色《うすべにいろ》の花を咲かせた。私はその花弁《はなびら》に触れる。牡丹の花弁《はなびら》は屋敷神《やしきがみ》の声と同じように柔らかく、可憐だった。

「私をここに連れてきたのは、私にしか貴方の声が聞こえなかったことと関係があるのかしら？」

「……違う。話しかけたのはそっちが先ではないか。いつもありがとう、と」

「──あ、それってお掃除の時ね？」

私は掃除をした時、綺麗になってくれてありがとうと言うのが昔からの癖だった。心を込めて雑巾掛けをすると気持ちがスッキリすると、亡き父から教わり、この屋敷でもずっとそれを心掛けていた。

「……そうじゃ。ある日そなたに話しかけられ、屋敷神《やしきがみ》は突然目が覚めた心地がしたのじゃ」

「じゃあ、貴方は私が話しかけたから──」

屋敷神《やしきがみ》は異変を起こすようになってしまったのだろうか。

元々、人間の私は付喪神《つくもがみ》と相性がいいようなのだ。最初の時も、ボロボロだったこの屋敷を掃除して、知らず知らずのうちに霊性《れいしょう》を吹き込んでいたらしい。それ以降も、日課としてずっと掃除をやってきたことが、今回の原因ということなのか。

「そう。そなたがたくさん話しかけ、そのたびに屋敷に霊性《れいしょう》がたくさん吹き込まれた。そうすると、色んなものがよく見えるようになって、聞こえるようになった。何も感じなかったのに、心がざわざわして苦しくなるようになってしまったのだ。全部、そなたのせいだ！」

再度、ドンッと下から突き上げるような揺れが起きた。

屋敷神《やしきがみ》は怒っている。苛立ってもいる。そして、とても苦しんでいる気がした。

「ねえ、何が苦しいの。私に出来ることはある？」

「そなたには何も出来まい。――ただ、主人様《あるじ》の花嫁であるそなたをここに閉じ込めたなら、主人様《あるじ》はきっと怒るだろう。そなたを取り戻すため、屋敷神《やしきがみ》を壊してくれるはずじゃ。そなたをここに連れてきたのはそのためじゃ」

「主人様《あるじ》って、玄湖さんのことよね。貴方を壊すだなんて……そんな悲しいことをどうして望むの？」

「屋敷神《やしきがみ》はもう、今までの屋敷神《やしきがみ》ではなくなってしまった。これまでは何も考えず、結界を維持し、部屋の時間を保つ……それだけでよかったのに。今は何もしていなくとも力が溢《あふ》れてしまうのじゃ。このままではこの場所を守れなくなってしまう。溢《あふ》れた力が暴走してしまわぬように、新しい部屋を生み出すことで力を調整していたが、そなたにそれを禁じられてしまった……」

「もしかして、私が部屋を増やさないでって言ったから……」

「そうじゃ。しかも、せっかく広げた穴まで塞がれてしまった。これまでは、余分な力は外に流し、それで間に合わない分は新たな部屋を生み出してなんとか力を調整していた。だがもう外に流す穴はない。もう屋敷神《やしきがみ》の中は限界なのじゃ。屋敷内がめちゃくちゃになってしまったのも力を外に流せないため、勝手にああなってしまうのだ。そなたたちを危険な目に遭わせてしまう。その上、主人様《あるじ》の命《めい》も果たせなくなってしまう。そんな屋敷神《やしきがみ》など……必要ないのじゃ」

必要ないと言うその声がとても寂しそうに聞こえた。

「だから頼む。主人様《あるじ》に助けを求めておくれ。屋敷神《やしきがみ》を、壊しておくれ……」

屋敷内が迷宮になってしまったのは、屋敷神《やしきがみ》がわざとそうしているのではなく、力が暴走しているせいなのだ。そうと分かれば、尚更屋敷神《やしきがみ》を壊したくなかった。

それに、何より――

「屋敷神《やしきがみ》、貴方は本当に壊してほしいの？」

「ああ、そう言っておる。覚悟はとうに……」

私は屋敷神《やしきがみ》の言葉に首を横に振った。

「いいえ、だってそう思えないんだもの。玄湖さんに破壊してほしいなら、私をここに引き入れるなんてまどろっこしいことをしないで、私に怪我をさせたらいい。でも貴方は誰も傷付けようとはしなかった。私のことだって初めから怪我をさせる気なんてないのでしょう」

屋敷内があんなにも柔らかかったのは、私たちが無理矢理扉を破ろうとしても、怪我をしないようにするためではないだろうか。力が暴走していても、ギリギリで私たちを守ろうとしてくれている。

「ほう……分かったような口を利く」

不意に屋敷神《やしきがみ》の声の雰囲気がピリッとしたものに変化した。

白い空間に咲き誇る牡丹の花がざわざわと蠢《うごめ》く。みるみる茎《くき》が伸び、蔓《つる》状になった。

びっしりと尖った棘《とげ》がついた蔓《つる》。花は牡丹なのに、まるでいばらのようだ。鋭い棘《とげ》の付いた牡丹が私に迫り、ぐるりと周囲を取り巻いた。

「屋敷神《やしきがみ》を侮《あなど》ったな。人間を傷付けるくらい簡単に出来る。そぅら、その棘《とげ》は痛いぞ。触れただけでそなたの肌を切り裂く。弱い人間であるそなたに耐えられるはずもない。さあ、早う主人《あるじ》様に助けを求めるのじゃ！」

きっと触れたらとても痛いのだろう。それでも――

「――呼ばない」

私はキッパリと言い切り、棘《とげ》だらけの牡丹に自分から手を伸ばした。

「なっ、何を馬鹿なことを！」

屋敷神《やしきがみ》の慌てたような声と共に、棘《とげ》の付いた牡丹がサアッと私の手から離れていく。

「……ほら。屋敷神《やしきがみ》は私を傷付けることなんてしないわ」

やっぱりこれは、ただの脅《おど》しだったのだ。

「この破片を見てちょうだい。玄湖さんが映っているわ」

さっきは私を探し回っていた玄湖だが、今は牡丹の襖絵《ふすまえ》をじっと見つめている。すごく心配そうだけれど、その金色の瞳は真っ直ぐで曇りがない。

「玄湖さんはとても強い五尾の狐なのは屋敷神《やしきがみ》だって知っているでしょう。玄湖さんなら、その気になれば、きっとここにも簡単に入れるはずよ。でもそれをしないのは、玄湖さんが貴方を信じているからだと思う」

そして、同様に私を信じてくれたのだと思う。

私はただの人間でしかない。弱くて、妖《あやかし》よりずっと寿命も短い。けれど、屋敷神《やしきがみ》の声が聞こえる私にしか出来ないこともあるはずだ。

「屋敷神《やしきがみ》、牡丹の花に棘《とげ》なんて似合わないわ。もうやめましょう」

私がそう言うと、屋敷神《やしきがみ》は黙ってドンッドンッと部屋を揺らした。

しかしそれも苛立ちというよりは、癇癪《かんしゃく》のように感じる。

思い返せば、屋敷神《やしきがみ》は何度も私に語りかけていた。途切れ途切れでよく聞こえず、怯《おび》えてしまったこともあった。しかし、私にしか聞こえていなかったのだから、ちゃんと耳を傾ければよかったのだ。

「ねえ、屋敷神《やしきがみ》。聞いてちょうだい」

私は目の前にいるであろう屋敷神《やしきがみ》に真摯《しんし》に語りかけた。

「まず、ごめんなさい。私は貴方の声に怯《おび》えてしまった。今まで貴方が何を考えているのか、何を伝えたいのか、思いを馳《は》せることをしなかった」

ドンッと揺れがくる。しかし私はその場に踏みとどまり、話を続けた。

「貴方は寂しかったのね。自分はここにいるって、行かないでって、ずっと訴えていたんでしょう？」

突き上げるような揺れはだんだんと弱まっていく。

「私たちが出かける時も、置いていかないでって言っていたのよね。ちゃんと聞いてあげなくてごめんなさい」

揺れはやみ、囁《ささや》くような声に変わった。

「屋敷神《やしきがみ》は、ただ秩序整然に主人《あるじ》様に決められた仕事をしているだけでよかったのじゃ。何も考えず、あるがままに。だが、声を聞いてしまった。小春が……屋敷神《やしきがみ》に話しかけたから……。主人《あるじ》様以外の存在が屋敷神《やしきがみ》の中にいることも、知ってはいたが特別に感じたことなど、今までなかったのに」

私は黙って屋敷神《やしきがみ》の言葉に耳を傾けていた。

「最初は、人間の花嫁とはなんと酔狂《すいきょう》なことをするのだと思った。でも、少しだけ嬉しいと思ってしまった。屋敷神《やしきがみ》はそれをきっかけに思うことを、考えることを、感情を知ってしまった。屋敷神《やしきがみ》の中にいるそなたや主人《あるじ》様以外の妖《あやかし》を観察して、話している言葉を聞いて、楽しそうだと思った。そして人形の付喪神《つくもがみ》を受け入れているのを見て、羨《うらや》ましいと思ってしまったのじゃ。みんなは美味《おい》しいと言いながら食事をする。美味《おい》しいってどんな気持ちなのだろう。屋敷神《やしきがみ》は知らない。外って、どんな風なの……？」

はらりはらりと、薄紅色《うすべにいろ》の牡丹の花弁《はなびら》が舞い落ちる。それはまるで屋敷神《やしきがみ》の涙のように見えた。

「――屋敷神《やしきがみ》もみんなと行きたかったのじゃ。でも、屋敷神《やしきがみ》は人形の付喪神《つくもがみ》と違ってここから動けない。歩くための足が欲しかった。みんなと話して、美味《おい》しいものを食べる口が欲しかった。屋敷神《やしきがみ》は……体が欲しかった」

「体……？」

「屋敷神《やしきがみ》の体はこの屋敷そのものじゃ。それでは大き過ぎてどこにも行けない。動けるようになっておらんのじゃ。人形の付喪神《つくもがみ》のような、小さくて愛らしくて動くことが出来る体さえあれば……」

私はふと思い出したことがあり、手鏡を取り出した。鏡面をあちこちに向ける。

「やっぱり見えた！　あるわ！」

雲外鏡《うんがいきょう》の鏡面に、屋敷神《やしきがみ》の牡丹色の振袖《ふりそで》がチラッと映り込んでいた。

「私は屋敷神《やしきがみ》にも私たちのような体があるはずだって思ったの。だって、ここに引き込まれる時、鏡に手が映っていたもの。ちゃんと掴まれている感触もあった」

それ以前にも、普通の鏡に牡丹色の振袖《ふりそで》が映り込み、驚いたことがあった。

「体がなかったら鏡に映ったりしないでしょう？　だから、絶対にあるんだわ。今だって私と会話している。口がないなら、こうして会話することは出来ないんじゃない？」

「そ、そんなはずは……」

「それに私ね、隠れ里で貴方とは違う屋敷神《やしきがみ》に会ったの。その屋敷神《やしきがみ》は龍の形を模していたわ。きっと貴方も、同じように体を持つことが出来るってことじゃない？　龍の屋敷神《やしきがみ》は小さくて薄かったけれど、玄湖さんが妖力を分けたら、姿がハッキリしたわ。屋敷神《やしきがみ》、貴方は私が吹き込んだ霊性《れいしょう》が多過ぎて困っているのでしょう？　ならその力を使えば、望む体になれるってことじゃないかしら」

屋敷神《やしきがみ》は困惑したように声にならない吐息を漏らす。そんな部分まで妙に人間臭く感じた。

私は手鏡を傾け、屋敷神《やしきがみ》の体の位置を特定する。

「動かないでね。……ほら、ここ。見えるかしら。私にはちゃんと見えている。牡丹色の着物を着た女の子が。貴方にも見えるでしょう」

おかっぱの長さの銀色の髪が鏡に映った。頭の上には狐のような耳がある。それから子供らしい丸みのある頬。くりくりした大きな瞳は華やかな牡丹色で、そこに緑の葉の色が溶かし込んである複雑な色をしていた。

「綺麗な色の瞳ね……」

「この色は綺麗なのか？」

「ええ、とっても」

「そうか……」

彼女はニコッと笑う。その笑顔があまりにも愛らしくて、私も釣られて微笑んだ。

しかし彼女の微笑みはフッと掻き消える。両手を顔の前に掲《かか》げて悲しい顔をした。

「でも、やっぱりこちらに体はないままじゃ。屋敷神《やしきがみ》にはまだ何かが足りていない。足りていない、その言葉に私は、ふとあることを思いついて顔を上げた。

「――そうだわ、ねえ屋敷神《やしきがみ》。貴方の名前って？」

「え？　名前？」

鏡の中の屋敷神《やしきがみ》は目をまん丸に見開いている。

「そうよ。私、貴方の名前を呼びたい。屋敷神《やしきがみ》のままじゃスイカツラとか狐とか、種族で呼んでいるのと同じでしょう。それに、妖《あやかし》は名前が大切って、信田さんが言っていたのよ。何より人間も妖《あやかし》も関係なく、名前で呼ばれた方が嬉しいと思わない？

私も小春って呼んでもらえたら嬉しいもの」

スイカツラに麦と名付けたことで、いじめられていた弱い個体が群れの中でリーダーになるまで強くなった。壊された双子人形の付喪神《つくもがみ》は、どうもとこうもと名前を付け、存在が消えないように名前を呼び合っていた。

妖《あやかし》にとっての名前は、それだけ大切な、力の源《みなもと》のはずだ。

「じゃが、これまでずっと屋敷神《やしきがみ》としか呼ばれてこなかった。屋敷神《やしきがみ》には名前がない。屋敷神《やしきがみ》には無理なのじゃ」

その声がひどく寂しげに聞こえてしまった。

なんとかしてあげたい。私に出来ることはないだろうか。

「――じゃあ、私が付けるっていうのはどう？」

「そなたが……いや、小春が屋敷神《やしきがみ》に名前を付けてくれるというのか」

「ええ、任せて！」

とはいえ、私は彼女を見た時から、一つの名前しか浮かばなかった。

「……牡丹《ぼたん》っていうのはどうかしら。襖絵《ふすまえ》や欄間《らんま》の彫刻も牡丹だったし、貴方の瞳も牡丹色に葉っぱの緑色が混じっていて、一輪の牡丹みたいなんだもの」

「……牡丹。それが屋敷神《やしきがみ》の名前――」

安直過ぎて嫌がられるだろうか。そう思った瞬間、真っ白だった空間がカアッと発光した。周囲に咲き誇る牡丹の花々から光の粒が次々と浮かび上がり、私の前に集まって形を作っていく。そのあまりにも美しい光景に息を呑んだ。

その光は儚《はかな》く、あっという間に消えてしまった。しかし、光が消えた後、私の目の前には女の子が立っていた。

身長は私の胸元あたり。おかっぱの銀色の髪に、狐の耳が生えている。お尻にも狐の尾が一本生えてふさふさ揺れていた。屋敷神《やしきがみ》である彼女に狐の耳や尾が生えているのは、狐屋敷の付喪神《つくもがみ》だからだろうか。

「あ……ああ……姿が出来た……」

「すごいわ！　牡丹！」

屋敷神《やしきがみ》――牡丹は己の手のひらをかざすように見つめ、着物をペタペタと触り、くるりとその場で一回転した。牡丹色の振袖《ふりそで》がひらりと翻《ひるがえ》り、まるで可憐な牡丹の花のようだった。

「ありがとう、小春。屋敷神《やしきがみ》の――ううん、牡丹の名前、もっと呼んでおくれ」

「ええ。牡丹、これからよろしくね」

牡丹はニッコリ笑った。それから胸に手を当てる。

「ああ……名前を得ただけで、なんと心が満たされることか。小春、迷惑をかけてすまなかった。だがもう牡丹は大丈夫じゃ。そなたに名付けてもらい、形を得ただけで、あれほど暴走していた力が落ち着いていくのが分かる」

「ほ、本当に？」

牡丹はコックリと頷いた。

「小春が言っていたように、形を成すのに小春に貰った霊性《れいしょう》を全て注《そそ》ぎ込んだ。それが上手《うま》くいったのだろう。屋敷も少しずつ元に戻っている。主人《あるじ》様や他のみんなも無事じゃ。小春……本当にありがとう」

「どういたしまして」

「扉を用意する。そこから戻られよ」

その言葉に私はキョトンとした。

「何言っているのよ。牡丹も一緒に戻るのよ」

「……いや、主人《あるじ》様たちに合わせる顔がない。屋敷神《やしきがみ》としてあり得ない不始末をしてしまったのじゃ。だから牡丹はここに残る。これからはここで屋敷神《やしきがみ》の仕事を真面目にする。たまに小春に話しかけてもらえるだけで、牡丹は満足だから――」

「私はそんなつもりで貴方に名前を与えたんじゃない。これからも牡丹と家族として一緒に過ごしたいからなのよ！」

私は牡丹の小さな手を握った。

いつの間にか目の前に牡丹の絵が描かれた襖《ふすま》が出現している。私が引き込まれた牡丹の間の襖《ふすま》だ。

「あそこから戻れるのね」

「こ、小春、手を離しておくれ」

「ねえ牡丹、貴方は私よりずっと長く玄湖さんを見ていたでしょう。だったら分かるはずよ。玄湖さんがとっても優しい人だってこと。それからお重とお楽もそう。私はこの通り、ただの人間よ。しかも最初はお重とお楽を騙《だま》してこの家に入ったの。なのに二人とも怒ったりせず、味方になってくれた」

私は牡丹に笑いかけた。

「それから、南天と檜扇も、とってもいい子たちよ。少し元気過ぎるくらいね。麦も食いしん坊で、ちょこっとドジなところがあるわ。でも思いやりのある子なの。みんな牡丹と仲良くなれると思う」

牡丹の大きな瞳が不安げに揺れている。

「牡丹は羨《うらや》ましいって思うくらい、私たちのことを見ていたのでしょう。貴方の目から見て、みんなはどんな感じ？　牡丹のことを受け入れないような狭量で意地悪な人たちだって思う？」

牡丹はふるふると首を横に振った。

「お、思わぬ……」

「じゃあ大丈夫。一緒に出ましょう」

牡丹は逡巡《しゅんじゅん》するように視線を彷徨《さまよ》わせていたが、最後にはコクンと頷いて、私の手を握り返してくれた。温かい気持ちで胸がいっぱいになった。

襖《ふすま》の引き手に手をかける。襖《ふすま》は大して力を入れずに滑《なめ》らかに開いた。襖《ふすま》の向こうは光が溢《あふ》れている。

私は眩《まぶ》しさに目を細め、牡丹の手を握って一歩前に踏み出した。

眩《まぶ》しさはすぐになくなり、気が付くと私たちは牡丹の間の前の廊下に立っていた。

ぐにゃぐにゃと歪《ゆが》んでいた壁や床は元通りになっている。

「おかえり、小春さん」

目の前に玄湖が立っていた。優しい顔をして、私と牡丹を見つめている。

「玄湖さん、ただいま」

安堵感に鼻の奥がツンと痛み、涙が浮かびそうになってしまった。しかし私は何度も瞬《まばた》きを繰り返し、涙を押し留める。

今は笑顔の方がいいはずだから。

「君が屋敷神《やしきがみ》だね」

牡丹の手が強張《こわば》る。私は握った牡丹の手を宥《なだ》めるように親指で撫でた。

「玄湖さん。この子の名前は牡丹っていうのよ」

「そうかい。やあ牡丹。はじめまして——じゃないか。私たちはずっと屋敷神《やしきがみ》の中にいたんだものね」

「あ、主人様《あるじ》……な、なんと謝ったらよいか……牡丹は——」

玄湖は屈《かが》んで牡丹に目線を合わせた。

「牡丹、私は嬉しいんだ。だって、長ーく側にいた屋敷神《やしきがみ》の牡丹と、こうして話せるようになったんだからさ。私は今まで、屋敷神《やしきがみ》が何を考えているのか、何を望んでいるのか分からなかった。でも、これからは直接牡丹の望みを聞けるだろう？　何が好きだとか、どんな遊びがしたいかとかね。私に教えてくれるかい？」

「主人《あるじ》様、牡丹を許してくださるのですか……？」

「許すも何も、私は怒っちゃいないよ。私だけじゃない。小春さんも、お重にお楽も、南天や檜扇、それから麦もさ。誰も怒っていない。ちゃんと牡丹を受け入れてくれるさ。もちろん、いつもいいことばかりじゃない。喧嘩だってすることもあるだろう。でもそういう時は何が嫌だったか、ちゃんと教えておくれ。そうしてお互い理解していこう。だって、私たちは家族なんだから」

「牡丹も……家族……？」

牡丹の大きな瞳が見開かれる。縋《すが》るようにずっと握っていた手が離れた。

「ええ、そうよ。牡丹も家族よ」

牡丹色の大きな瞳が潤《うる》んでいく。しかし涙は零さずニッコリ笑った。目尻に光る涙の粒は、牡丹の花についた朝露《あさつゆ》のようにキラキラと煌《きら》めいていた。

「牡丹も家族……嬉しゅうございます」

「うん。さて、そろそろ屋敷の内部も元に戻った頃合いだろう。それじゃあ牡丹、君という新しい家族をみんなに紹介しよう。それで、今日はお祝いだ！」

「はい、主人《あるじ》様！」

玄湖は優しく牡丹に頷いて立ち上がる。

それから私をぎゅっと抱きしめ、耳元で囁《ささや》いた。

「ありがとう、小春さん。小春さんが消えた時、屋敷神《やしきがみ》を壊してでも小春さんを救いに行くか、すごく迷ったんだ。でも、小春さんなら、私とは違う方法で、屋敷神《やしきがみ》を助けてくれるんじゃないかって、そう思ったのさ」

「玄湖さん……私を信じて待っていてくれて、ありがとうございます」

玄湖が私を信じて任せてくれたことが嬉しくて――たまらなく誇らしかった。

「小春さんはきっと、私たち妖《あやかし》に力を与えてくれる存在なんだ。でもそれは、そういう特別な能力があるって意味じゃない。小春さんが強くて優しくて、愛情深い人だからなんだよ」

玄湖の言うことが本当なら、とても嬉しい。私にも大切な家族に与えられるものがある。なんて幸せなのだろう。

「小春さんは私に生きがいをくれた。そして家族を増やしてくれたんだ。私の花嫁になってくれてありがとう。私は幸せ者だよ」

「私も玄湖さんが旦那様で、本当に幸せです！」

私からも玄湖を抱きしめ返した。胸の中が温かいもので満たされていく。

「小春、主人様《あるじ》、牡丹もぎゅってしてくださいまし」

牡丹が抱き合う私たちを見て、玄湖の袖《そで》を引っ張った。

私と玄湖は破顔して、二人で牡丹をぎゅうっと抱きしめたのだった。

エピローグ

それから数日後――

牡丹が新しい家族となり、屋敷は更に賑《にぎ》やかになった。

もちろん、もう勝手に部屋が増えていることはないし、人食いの妖《あやかし》が入り込むこともないのだ。朝が来てもなんの憂《うれ》いもない。

朝、早く起きて身支度を整える。隣に寝ている玄湖はまだ夢の中のようだ。布団がこんもり膨らみ、端っこから尻尾《しっぽ》がはみ出していた。

また寝坊なのかしらと思ったが、突然、玄湖はバッと飛び起きた。

「おや、この匂いは！」

ボサボサ頭のまま、目を輝かせている。

「おはようございます、玄湖さん。朝からご機嫌ですね」

「おはよう、小春さん！」

五本の尻尾《しっぽ》がわっさわっさと揺れていた。

「小春さん、今日の朝餉《あさげ》に葱《ねぎ》入りの卵焼きが出るよ！」

「玄湖さん、好きですものね」

「ああ、こうしちゃいられない。小春さん、布団を片付けておくよ」

「まあ、ありがとうございます」

玄湖はいそいそと働き出した。

「それから、いつものを頼むよ」

「はい。髪と尻尾《しっぽ》を整えましょうね。ふふ、玄湖さんったら、今日も寝癖が可愛い」

頭の後ろで赤茶色の髪がぴょこぴょこ跳ねていた。玄湖は照れたように笑う。

賑《にぎ》やかな妖《あやかし》屋敷の一日の始まりだった。

玄湖が嗅ぎ付けた通り、朝食の膳にお重特製の葱《ねぎ》入り卵焼きがあった。南天に檜扇、麦も喜びで歓声を上げている。お重の作る葱《ねぎ》がたっぷり入った卵焼きは、玄湖だけではなく、みんなの好物でもあるのだ。

そんな中、牡丹だけは葱《ねぎ》入りの卵焼きをしげしげと見つめてから、玄湖に自分の卵焼きを差し出した。

「主人《あるじ》様、どうぞ牡丹の分もお召し上がりくださいませ」

「いやいや、美味《おい》しいものはみんなで食べよう。私は牡丹にも味わってほしいんだよ」

玄湖はそう言って牡丹の頭を撫でる。

「ですが、牡丹は主人《あるじ》様に喜んでいただきとうございます」

しょんぼり顔の牡丹に配膳をしていたお重が笑顔で言った。

「あら、あたしは牡丹にも喜んでほしくて腕を奮《ふる》ったんですよ。だから温かいうちに召し上がれ」

「わ、分かった。いただきます」

お重に促《うなが》され、卵焼きを口にした牡丹は目を丸くした。もぐもぐ咀嚼《そしゃく》して、ごっくんと飲み込んでから口を開く。

「お、美味《おい》しい！　卵焼きとはこのような味なのじゃな」

牡丹もお重特製の葱《ねぎ》入り卵焼きを気に入った様子だ。

「牡丹、甘い卵焼きというのもあるのです。そちらはまた違った味わいで、頬が落ちそうなほど美味《おい》しいですよ……」

お楽からそう言われて、牡丹は目を輝かせた。

「なんと、同じ卵焼きでも味が違うのか」

「うん、ぜーんぜん違うんだよ！」

「うん、どっちも美味《おい》しいんだよ！」

南天と檜扇が牡丹にそう教えている。麦も肯定してきゅーっと鳴いた。

昨日も牡丹は私が作ったオムライスに感動し、口の周りをケチャップで汚しながら笑っていた。喜び方がなんとも可愛いのだ。私だけではない。みんな牡丹をニコニコしながら見守っている。

「牡丹、昨日食べたオムライスの黄色い皮の部分も卵から出来ているの。あれは実質、薄い卵焼きよ」

私がそう言うと、牡丹はますます目を丸くする。

「同じ卵だというのに奥深いことじゃ」

「これからも色々食べていきましょうね」

「うむ。牡丹はまだまだ知りたいことだらけじゃ」

牡丹はとびきりの笑みを浮かべて頷いた。釣られるようにその場の全員が笑顔になった。

牡丹の体が出来て、みんなに引き合わせた時、全員がすぐに牡丹を許した。屋敷内に閉じ込められて怖い思いをしたはずだが、みんなが家族として牡丹を受け入れてくれたのだった。

とはいえ、玄湖や私が何か特別なことをしたわけではない。牡丹がみんなの前で今回の件を謝り、自分の言葉で屋敷神《やしきがみ》として見ているだけではなく、この屋敷の家族の一員になりたいと告げたからだ。その真摯《しんし》な態度がみんなに受け入れられたのだろう。

牡丹は屋敷神《やしきがみ》として、今まで見てきたこと、知っていることはたくさんある。けれど、食べることも、己の体で体験することも全て初めてだ。その素直な驚きや感動が顔に出るから、こちらも見ていて幸せな気持ちになる。

食事のたび、それからお風呂やふかふかのお布団に横になるたびに、牡丹は驚きの声を上げ可愛らしい笑みを浮かべるのだ。

南天と檜扇も、牡丹を妹のように可愛がっている。実際は建ってから二百年ほど経過している屋敷神《やしきがみ》の牡丹の方がずっと年上だし、付喪神《つくもがみ》としても先輩ではあるのだが、世話を焼こうとする南天や檜扇はぐっと成長した気がする。

「今朝のお重のご飯も美味《おい》しかった！」

食事が終わると玄湖はニコニコしてそう言い、私は頷いた。隠れ里で食べたご馳走も美味《おい》しかったが、お重の料理はやはり格別なのだ。

「よーし、みんなも食べ終わったね。それじゃあ聞いておくれ。午後からまたみんなで銀座に行くってのはどうだい？」

「いいと思います。銀座の近くにある紫さんの写真館に行きたいんです。それからカフェーにも寄りましょう！」

「それなら、あたしはまたいなり寿司を作りますよ。お社《やしろ》に供《そな》える分だけじゃなく、帰ってきてからみんなで食べられるように、たっくさんね！」

「銀座に行くのなら、楽は牡丹の着物を新調しとうございます……女児用のものが足りておりませんから。うふふ、うーんと可愛らしい着物を買わなければ……」

お重とお楽は賛成のようだし、南天と檜扇も大喜びである。

もちろん麦も嬉しそうに飛び跳ねていた。

牡丹だけが落ち着かない様子できょろきょろしながら言った。

「ぼ、牡丹も行っていいのじゃろうか……」

「もちろん！　家族みんなで行くんだから、牡丹も一緒よ」

「嬉しゅうございます……牡丹もみんなと一緒にお出かけがしてみたかったのじゃ」

牡丹は銀色の狐の耳をぴこぴこ動かし、尻尾《しっぽ》を振った。

「その耳と尻尾《しっぽ》は可愛いけれど、外に行くなら玄湖さんに隠してもらわないといけないわね。……でも、紫さんに写真を撮ってもらう時は、みんなそのままの姿で撮りたいわ」

南天や檜扇の髪や目の色、牡丹の耳と尻尾《しっぽ》をそのままにして街中を歩くのは難しいが、紫の写真館の中だけなら大丈夫ではないだろうか。

「私がいつも見ているみんなの写真が欲しいんです。玄湖さん、どうでしょう」

玄湖は私の言葉を聞いてニッコリ笑う。

「うん、いいね。素敵な思い出になりそうだ。なんなら小春さんも写真を撮る時だけでもワンピースを着てみるってのはどうだい？　持って行って、写真館で着替えさせてもらえばいいしさ」

「えっ、でも……」

思わぬ飛び火に私は目を見開いた。

「ほら、こないだ、着てみるって言っていただろう。忘れたとは言わせないよ。あー見てみたいなあ。小春さんのワンピース姿」

「あたしはいいと思いますよ！」

「ええ、絶対にお似合いです……」

お重とお楽はニコニコしてそう言うが、自分のワンピース姿を考えただけで恥ずかしい。

「小春のワンピース姿見たーい！」

「小春のいつもと違うの見たーい！」

「きゅーん！」

南天たちにも見たいとせがまれてしまうと断りにくい。

「で、でも……いきなり写真なんて」

「小春……牡丹も見たいのじゃ」

牡丹にまでせがまれてしまう。しかも袖《そで》をくいくいと引っ張られて。上目遣いで頼まれると嫌とは言いにくい。私は熱い頬を押さえて呻《うめ》いた。

「うう……」

「ほら、小春さん。みんなもそう言っているし、たった一枚写真を撮るだけだよ。小春さんだけじゃなく、私も洋服を着るというのはどうだい？　二人なら平気だろう」

「く、玄湖さんも洋服を着るんですか？」

「篠崎さんに貰った一式があるからね」

「あら旦那様も着るならいいじゃないですか！」

四方八方からそう言われ、私は観念して頷いた。

「……わ、分かりました」

それに、玄湖の洋装も見てみたい。きっと似合うだろう。想像したら、さっきとは違う意味で顔が赤くなってしまった。

「じゃ、じゃあ、今日の予定は、写真館で写真を撮ってもらって、その後は紫さんと皐月姫も誘ってカフェーに行きましょう！」

私がそう言うとみんなが頷いた。

「あ、そうそう。小耳に挟んだんだけど、山内さんと鈴子さんが正式に婚約したそうだから、お祝いの品を探すのもいいかもしれないよ」

「まあ、それはいいですね」

私は幼馴染《おさななじみ》の幸せが嬉しくなって微笑んだ。

それから私たちは慌ただしく準備をして、玄関に集合した。

家族全員が揃ったせいで玄関は少し狭い。しかし、外から差し込む眩《まばゆ》い光に満ちていた。

「今日は大忙しの一日になりそうだ」

「でも、きっと楽しいですよ」

みんないい笑顔をしている。

牡丹だけは少し緊張した面持《おもも》ちだ。

私は安心させるようにその手をしっかり握った。

「よーし、みんな準備はいいね。さあ行こう！」

玄湖は私の逆の手を握ってくれる。

いってきますと言って、私は大好きな家族と共に、狐屋敷から一歩を踏み出した。


――いつか、もっと家族が増える日が来るかもしれない。

私と玄湖との間に子供が出来たらの話だけれど。

そんな未来では、人間と妖《あやかし》が今よりもっと仲が良くて、楽しい日々を送っていてほしいと思うのだった。

迦国《かのくに》あやかし後宮譚《こうきゅうたん》
1~3
著 シアノ
皇帝が選んだのはあやかし憑きの少女!?
アルファポリス
第13回
恋愛小説大賞
編集部賞
受賞作
妾腹の生まれのため義母から疎まれ、厳しい生活を強いられている莉珠《りじゅ》。なんとかこの状況から抜け出したいと考えた彼女は、後宮の宮女になるべく家を出ることに。ところがなんと宮女を飛び越して、皇帝の妃に選ばれてしまった！　そのうえ後宮には妖《あやかし》たちが驚くほどたくさんいて……
迦国あやかし後宮譚 2
陰謀渦巻く後宮で
皇帝命の危機!?
迦国あやかし後宮譚 3
愛妃にまつわる
真実が明らかに!
●各定価：726円（10%税込）
●Illustration：ボーダー

後宮の棘
行き遅れ姫の嫁入り
1〜2
香月みまり
Mimari Kozuki

後宮の棘
香月みまり
2
敵軍ひしめく戦場に
武闘派夫婦が
いざ出陣!

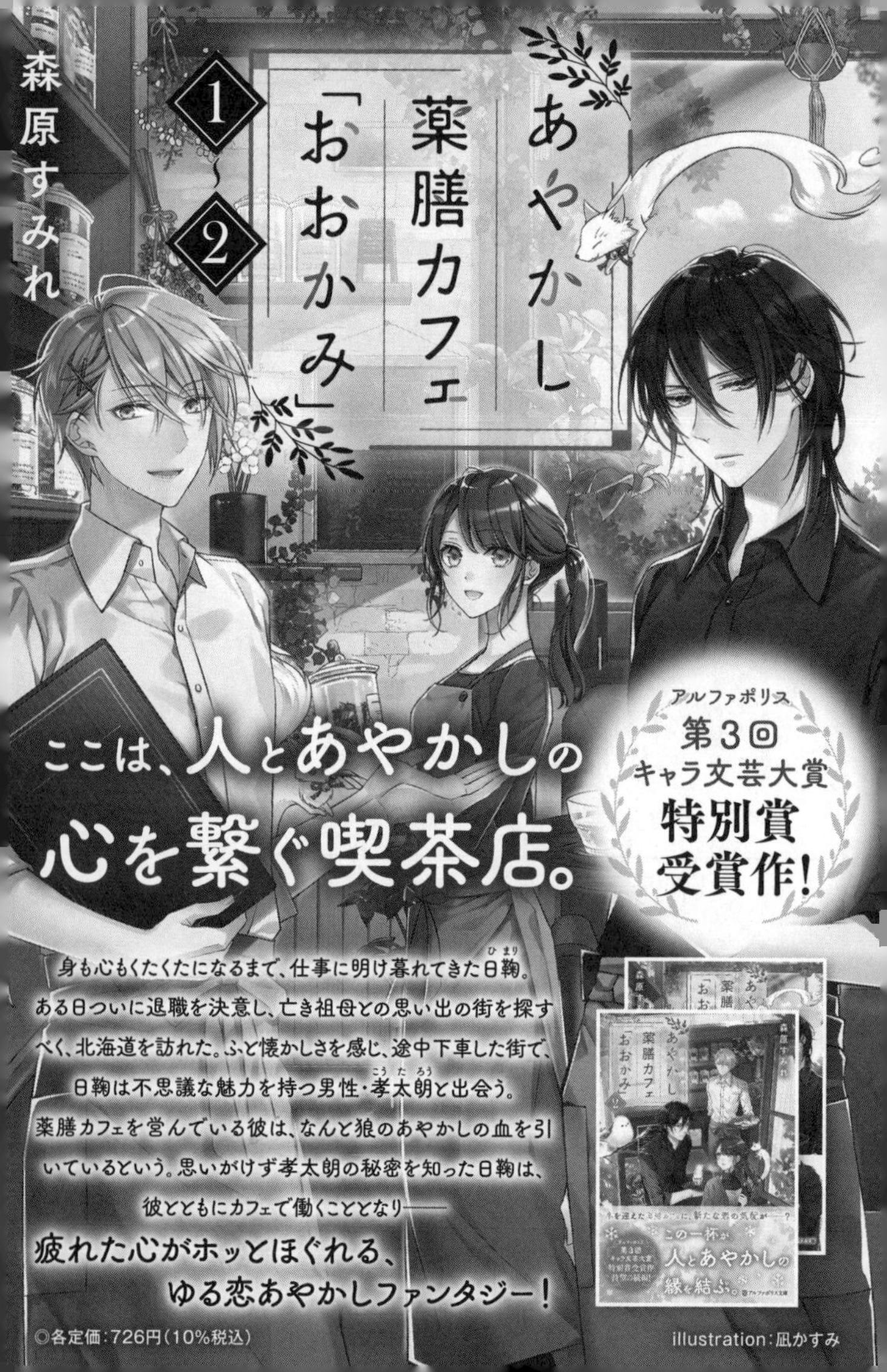

あやかし薬膳カフェ「おおかみ」
1〜2
森原すみれ
ここは、人とあやかしの
心を繋ぐ喫茶店。
アルファポリス
第3回
キャラ文芸大賞
特別賞
受賞作！
身も心もくたくたになるまで、仕事に明け暮れてきた日鞠《ひまり》。
ある日ついに退職を決意し、亡き祖母との思い出の街を探すべく、北海道を訪れた。ふと懐かしさを感じ、途中下車した街で、
日鞠は不思議な魅力を持つ男性・孝《こう》太《た》朗《ろう》と出会う。
薬膳カフェを営んでいる彼は、なんと狼のあやかしの血を引いているという。思いがけず孝太朗の秘密を知った日鞠は、
彼とともにカフェで働くこととなり――
疲れた心がホッとほぐれる、
ゆる恋あやかしファンタジー！
この一杯が人とあやかしの縁を結ぶ。
◎各定価：726円（10%税込）
illustration：凪かすみ

可愛い子どもたち＆イケメン和装男子との

ほっこりドタバタ住み込み生活♪

会社が倒産し、寮を追い出された美空《みそら》はとうとう貯蓄も底をつき、空腹のあまり公園で行き倒れてしまう。そこを助けてくれたのは、どこか浮世離れした着物姿の美丈夫・羅刹《らせつ》と四人の幼い子供たち。彼らに拾われて、ひょんなことから住み込みの家政婦生活が始まる。やんちゃな子供たちとのドタバタな毎日に悪戦苦闘しつつも、次第に彼らとの生活が心地よくなっていく美空。けれど実は彼らは人間ではなく、あやかしで…!?

定価：726円（10%税込み）　ISBN 978-4-434-31498-8

Illustration：鈴倉温

著 ろいず
あやかし祓い屋の
旦那様に嫁入りします
アルファポリス
第4回
キャラ文芸大賞
優秀賞
受賞作

あやかし祓い屋の
旦那様に嫁入りします
お家のために結婚した不器用な二人の
あやかし政略婚姻譚
美麗祓い屋×平凡女子高生
「生涯をかけて嫁殿を守ります。」

イラスト：くにみつ

もののけ達の居るところ
ひねくれ絵師の居候はじめました
神原オホカミ
Ohkami Kanbara
ふたりきり、だけどにぎやかで温かい同居生活。
仕事がうまく行かず、
幻聴に悩まされていた瑠璃は
ひょんなことから、人嫌いの「もののけ絵師」
龍玄の家で暮らすことになった。
しかし龍玄の家からは不思議な『声』がいつも聞こえる。
実はその『声』がもののけ達によるもので――？
楽しく日々を過ごしているもののけ達と、
ぶっきらぼうに見えるが
優しい龍玄にだんだん瑠璃の心は癒されていく。
そんなある日、もののけ達の
「引っ越し」を瑠璃は頼まれて……

この作品に対する皆様のご意見・ご感想をお待ちしております。

おハガキ・お手紙は以下の宛先にお送りください。

【宛先】

〒150-6008 東京都渋谷区恵比寿 4-20-3 恵比寿ｶﾞｰﾃﾞﾝﾌﾟﾚｲｽﾀﾜｰ 8F
（株）アルファポリス　書籍感想係

メールフォームでのご意見・ご感想は右のＱＲコードから、
あるいは以下のワードで検索をかけてください。

アルファポリス　書籍の感想　検索

ご感想はこちらから

アルファポリス文庫

あやかし狐《ぎつね》の身《み》代《が》わり花嫁《はなよめ》2

シアノ

2023年 1月 31日初版発行

編集－本山由美・森 順子
編集長－倉持真理
発行者－梶本雄介
発行所－株式会社アルファポリス
〒150-6008東京都渋谷区恵比寿4-20-3恵比寿ｶﾞｰﾃﾞﾝﾌﾟﾚｲｽﾀﾜｰ8F
TEL 03-6277-1601（営業） 03-6277-1602（編集）
URL https://www.alphapolis.co.jp/
発売元－株式会社星雲社（共同出版社・流通責任出版社）
〒112-0005東京都文京区水道1-3-30
TEL 03-3868-3275
装丁イラスト－ごもさわ
装丁デザイン－西村弘美
印刷－中央精版印刷株式会社

価格はカバーに表示されてあります。

落丁乱丁の場合はアルファポリスまでご連絡ください。

送料は小社負担でお取り替えします。


ISBN978-4-434-31495-7 C0193